开会
是门技术活儿

简宁◎著

湖南文艺出版社
HUNAN LITERATURE AND ART PUBLISHING HOUSE

博集天卷
CS-BOOKY

图书在版编目（CIP）数据

开会是门技术活儿 / 简宁著 . —长沙：湖南文艺出版社，
2013.6
ISBN 978-7-5404-6223-9

Ⅰ. ①开… Ⅱ. ①简… Ⅲ. ①会议 – 组织管理学
Ⅳ . ①C931.47

中国版本图书馆 CIP 数据核字（2013）第 111926 号

上架建议：职场·励志

开会是门技术活儿

作　　者：简　宁
出 版 人：刘清华
责任编辑：薛　健　刘诗哲
监　　制：陈　江　毛闽峰
特约编辑：周显亮　陈春红
装帧设计：主语设计
出版发行：湖南文艺出版社
　　　　　（长沙市雨花区东二环一段 508 号　邮编：410014）
网　　址：www.hnwy.net
印　　刷：三河市鑫金马印装有限公司
经　　销：新华书店
开　　本：700mm × 1000mm　1/16
字　　数：282 千字
印　　张：19
版　　次：2013 年 7 月第 1 版
印　　次：2015 年 4 月第 3 次印刷
书　　号：ISBN 978-7-5404-6223-9
定　　价：32.00 元

（若有质量问题，请致电质量监督电话：010-84409925）

目录
CONTENTS

上篇
──秘诀篇──

第一章
开会容易，会开会是门大学问

在中国，谁都免不了开会。很多人都认为，开会不就是凑合着听听嘛，走走过场而已，其实大错特错。

开会是你近距离接触领导的最好机会，是你展示自我的最好平台，也是可能决定你职业生命的战场。会开得好，你离升职发达就不远了，开得不好，你离淘汰也不远了。

开会绝对是门技术活儿。开会时怎么坐，怎么听，怎么说，都有很多讲究和窍门。

一眼读懂老板的微表情

胡雯丽是我邻居的女儿，大学毕业后供职于北京一家外资企业。胡雯丽经常参加部门会议，虽然每次开会前她都要补一下妆，郑重其事地去开会，但每每听会，她还是觉得开会是世界上最无聊的事。

不过，最近她找到了一个打发无聊的办法——察言观色。其实，就是仔细观察与会者的微表情，于是，原本无聊的会议变得有趣多了。

胡雯丽所在的企划部几乎每天都要开会，她感觉自己不是在开会，就是在去开会的路上。企划部会多，主要是沟通策划方案，汇报、讨论一些方案的工作进度等。

原本在会上听上司、同事发言时，胡雯丽总感觉无事可做。事情的变化源自她看了几本网络上很流行的《FBI教你读心术》《微表情》之类的书，再开会时，胡雯丽就开始悄悄地观察，将他们的一颦一笑、举手投足默默记在心里，与书中的理论"对号入座"，竟然大有收获，感觉这开会也非常有意思。

开会时，老板与她的部门经理时常会意见相左，每当部门经理与老板有不同意见时，都会摸摸鼻子，郁闷的神情一闪而过，然后再说老板提的方案可行性强、有创意等客套话。如果不是仔细观察，根本看不出来上司的神情郁闷。

微表情是时下比较流行的心理学名词。众所周知，人脸部有各种表情，如紧张、不安、焦急。微表情最短仅持续1/25秒，虽然一个下意识的微表情只持续一瞬间，却易暴露其情绪特征，有时会反映出与表达相反的情绪。

每个人都会掩饰自己的心理或情绪，但是身体的某些下意识的小动作却会出卖他。读懂他人身体的微表情，你就能读懂"人心"，了解领导的个性。

1. 瞬间读懂老板和上司的嘴部微表情

抿紧嘴唇、嘟着嘴等，这些都是司空见惯的脸部表情，可以表达很多东西。如老板皱眉头，意味着他可能对与会者怀疑、愤怒、痛苦；老板总抿紧嘴唇，意味着他生气了或不高兴。

发言时会"哈哈"大笑的老板和上司，是豪放型领导，"哈哈"大笑意味着放松和大胆；而"嘿嘿"地笑意味着讥讽、阴险或者蔑视，爱"嘿嘿"笑的老板和上司往往性格狂妄自大，自视甚高。

2. 瞬间读懂老板和上司的眼部微表情

眼睛是"心灵的窗户"，通过观察眼部微表情，也是了解老板和上司个性的一个相当不错的途径。观察一个人的眼睛，其实就是看一个人的眼神，观察他瞳孔的变化。瞳孔的变化是无法用意志控制的，就像高度灵敏的计算机显示器，其喜怒哀乐一览无余地显示在上面。比如，当一个人兴奋、惊恐时，瞳孔就会放大；当一个人情绪低落、悲观失望时，瞳孔就会缩小。

3. 瞬间读懂老板和上司的"坐语"

在会场上，上班族一定要多观察老板和上司的坐姿，要知道，不同的坐姿，就有不同的内涵。

如果你的领导总是跷起二郎腿，又是男性，那么，他多半是一个有进取心且轻易不服输的人。这样的领导也比较自信。

如果你发现领导双腿不断碰撞或是抖动，这多半表示他此刻的心理状态是比较暴躁，不够沉着冷静，会因小事发脾气。此时，你就要谨言慎行了。

　　另外，还要注意一些与会人员的其他小动作，如有人在发言时总是揉鼻子，他可能在撒谎；台下的听众如果在他人发言时总是撇嘴，那表明他对人家的发言不屑一顾；如果有同事在老板发言时嘴唇紧闭，那么他可能是生气了。

瞬间听懂老板的话外音

前些日子我去上海出差，上海一个好朋友知道了，特意约我见一面，见面时，他带上了他的准儿媳Sophie（索菲）。寒暄之后，Sophie就向我讲述了前几天发生的一件事：

那天下午5点钟，眼看还有一个小时就下班了，Sophie的部门经理突然通知大家去小会议室开会，Sophie与她的同事是满肚子牢骚。

同事们在小会议室坐下，见经理还没到，就抓紧时间自由行动，有人聊天，有人打电话给家人，说公司开会晚回家……

正当大家忙得不亦乐乎时，经理推门而入。

见此，经理心里非常不快，但他按捺住不快，语气尽量平和地说："今天召集大家开个会，是为参加下个月北京服装博览会的事。大家也知道，每年我们都会去参加一些展会，但有时在会上接到的订单并不多！现在，我征求一下大家的意见，下个月北京服装博览会我们还参加吗？参加的话，我们从明天开始就得加班做一些准备工作了。下面，各位谈一下自己的建议，就从Sophie开始谈吧。"

见经理点自己的名，Sophie站了起来，清了清嗓子，大声道："既然在博览会接到的订单不多，这个博览会就没必要参加了吧！"

Sophie说完，经理皱了一下眉头，然后挥挥手示意她坐下。接下来是其他同事发表意见，除了Sophie，其他同事的建议都是支持参加服装博览会。

Sophie发现，其他同事说完支持的建议，经理的脸上竟然多了几分笑容。

最后经理对大家说："既然大家都支持去参会,那这事儿就定下来了。明天是周六,大家没什么事就加班做个方案,最好是比以往的服装博览会的案子有创意一些!"

由于周六与朋友约了去钓鱼,Sophie就没有去公司加班。等到下午回到家上网,发现同事们都在线。Sophie心想坏了,是不是同事今天都加班了?

Sophie赶紧问了下平时关系较好的同事。同事的答案当然是肯定的,而且十分不解地问Sophie:"你怎么不来加班呢?"

"经理不是说没什么事才去加班吗,我今天正好有事呢。"

"你咋一根筋,没听懂经理的话外音呢?没事加班就是必须加班,你准备迎接明天的暴风骤雨吧!"

"啊?!"

第二天,Sophie早早去上班。虽然她是第一个到公司的,又是帮经理擦办公桌,又是给经理端茶倒水,但经理这一天依然对她拉着个脸,像欠他八百万似的。

Sophie错在哪里了?

我给Sophie讲了一个段子:一个老板找员工甲谈话,说他能力不错,如果让他做部门主管的话,会不会考虑裁员?

员工甲一想,这些年来很多同事都跟自己患难与共,于是脱口而出:"不会!"

后来,员工甲的同事员工乙升任了部门主管。其实员工乙各方面的能力都比员工甲略逊一筹,但老板却提拔了员工乙,老板的理由是:员工乙听懂了他的话外音,读懂了他的真实意图——想裁员!

我如此点拨了Sophie一番,才让Sophie幡然醒悟。

她犯的第一个错误是,上司让她发言的初衷,是让她支持参加北京服装博览会,可她竟然跟上司唱反调。

她犯的第二个错误是，上司的真实意图是希望员工加班，她竟然没去。

美国作家爱丽丝·米勒曾经说：倾听就是意味着对别人的话持一种精神饱满和感兴趣的态度。你应像一座礼堂那样倾听，在那里，每一个声音都可以更饱满、更丰富地返回。

听是什么？很多上班族认为，别人说话，你只要用耳朵听就可以了。其实，听绝对不是如此简单的事。认真地倾听别人说话，既可以收集有关对方的信息，也可以通过积极的倾听来拉近彼此的距离。

开会时，有些老板说话不是直来直去，爱拐弯抹角，让下属猜谜语，或者正话反说，旁敲侧击。给这样的老板打工，就得善于听话外音，因为他可以说一不二，但并等于他说一是一，说二是二，说一有可能是二。

会说不如会听，而要想瞬间听懂老板的真实意图，就要平时多向同事们了解老板的说话风格，搞清楚老板是不是爱正话反说或旁敲侧击。只有这样，才能与老板保持步调一致，而不是唱反调。

对付"会议杀手"：一要狠，二要稳

对于职场人士来说，会场是一个没有硝烟的战场，在这个战场上，每个人都要小心"会议杀手"。这些"杀手"可能是你最大的敌人，特别是你想在会场上表现自己，给领导留下好感时，他们往往会跳出来跟你唱反调，让你功亏一篑。

Maria（玛丽亚）是一家广告公司的文案策划，最近公司承接了一个护肤品广告的策划案。这个案子提成高，策划部的几个人都跃跃欲试，但策划总监指定Maria与另一同事同时写这个案子，而且规定谁的案子写得好，就用谁的。

作为公司资深策划的Maria胸有成竹，她花了一周时间写完案子。第二天，Maria所在的策划部开会讨论，由于护肤品的这单生意很重要，公司老总也参加了策划部的讨论会。

讨论会进行了半个小时，上司让Maria谈自己的方案。Maria一脸微笑地站了起来，开始侃侃而谈自己的想法与建议，并用幻灯片进行演示。刚说到一半，一位女同事突然很激动地站起来，声称Maria的想法不可行，可是她又提不出有说服力的证据，就是在那里反复嚷嚷。

Maria见有人唱反调，没有乱了阵脚，更没有火冒三丈。她花了一个星期来写这个案子，已经从各个角度分析过，见那个跳出来的女同事不过是有意跟自己为难，索性就借机会把自己的案子讲得更详细些。Maria把自己准备的数据等一一罗列出来，用数据来论证自己的观点。在事实面前，那位女同事只好安静下来，而老板与上司则不断点头称是，流露出赞许的目光。

遇到"会议杀手"，Maria沉着应对，并狠狠地反戈一击，这是对付"会议杀手"的绝杀之招——当头棒喝，不如用事实说话。

一般来说，在会场上有两种"杀手"最易干扰你的发言，对你的发言形成威胁。

1. 那些在你发言时总是反驳你，总是质疑你，与你唱反调的人

特别在讨论会时，他们总是生硬地打断你，用一个个与你的看法相反的"坏"点子，源源不断地砸落下来……他们就是你的"会议杀手"。

2. 那些在你发言时一言不发，却暗中捣鬼的人

在你发言时，他们一言不发，可会场休息时，却把你的发言贬得一文不值，背后暗箭伤人。

在会场这个江湖上，"杀手"无处不在，他们或明或暗，对你虎视眈眈，稍有不慎，就会让你在领导以及所有与会者面前大丢面子。你该怎么对付他们呢？是当场示弱，表示"虚心听取同事的不同意见，然后下次开会发言多加注意或加以改正"吗？

这一招不仅老套，而且苍白无力，对"会议杀手"们无异于隔靴搔痒。有经验的猎人打蛇打七寸，职场人士对付"会议杀手"时，不妨学习猎人打蛇，一招致命：稳、准、狠。

1. 所谓稳，就是要在反击的时候克制自己的不良情绪，就算你再气不过，表面上也要不动声色。同时，反击时要就事论事，语气平和，让别人看到你是对事不对人。

2. 所谓准，就是反击的点要准，要一招致命，直中靶心。如他当众打断你的发言，你要表情严肃地对他说："你的想法与意见都有一定的道理，但现在是我发言，请先让我讲完。如果领导允许的话，我们再讨论你的想法。"如此反击，他就会哑口无言。

3. 所谓狠，即要当场对其进行反击，力度要狠，要用事实说话，用有力的证据论证自己的观点，而且语气要铿锵有力，让他心服口服。

没有明白领导意图就讲话，你就死定了

艾丽是我在北京一所大学做情商培养讲座的一名听众，讲座之后，她找到了我要联系方式，还跟我讲起了她在工作中的一件糗事。

虽然毕业于北京名牌大学，学习成绩优异，智商很高，但艾丽的会议情商却非常一般。

一次开会，老板刘总发完言后，对底下的员工说："下面，大家畅所欲言，有什么意见尽管提，凡有利于公司发展和大家利益的，我都会虚心接受，并督促相关部门尽快改进！"

刘总的话掷地有声，可艾丽的同事却都沉默不语，仿佛没有听见刘总说话似的。见大家都不说话，艾丽高高举起了手，站起来，大声说："刘总，我有意见！"

"好，这位美女是新来的吧？有什么意见说吧！"

"刘总，我觉得我们公司总爱在下午快下班时开会，一开就是两三个小时，下班开会又不算加班，这规定是不是太不合理了？这是不是在浪费大家的时间？我们都觉得这相当不合理。我认为这种做法需要改一下，要么别在快下班时开会，要么把下班后开会的时间算作加班时间，给大家加班费，这样大家就不会怨声载道了！"

艾丽一股脑儿地说出了自己的意见，刘总的脸顿时由晴转阴，他目光严厉地扫了一眼会场，问："大家都怨声载道？"

在刘总的逼视下，大家都低头不语。

见会场上一片沉默，刘总见好就收："好吧，你提的建议我记下

了，我与各位经理研究一下怎么改进。"

艾丽的老板会改进总在下午快下班时召集大家开会的做法吗？艾丽拭目以待。但艾丽等啊等啊，等来的是什么呢？

艾丽的三个月试用期到了，但公司却没有与艾丽签订正式的合同，而与她一起进公司的几位新人都与公司签订了合同，她只好收拾东西走人。

当艾丽向我请教如何提高会议情商时，我提醒她说："以后再到新公司，一定要管住自己的嘴巴，特别是在开会时，绝对不能乱说话，否则会死得很惨。"

艾丽跟我说，她在会上讲完那些话后，同事们看她的眼神就不对了，有嘲讽的，有同情的，也有责怪的，之后都有意无意地疏远了她，就连那几个跟她一起进公司的实习生也是这样。她当时还奇怪加委屈呢，自己是为了大家提意见，你们不领情也就罢了，怎么反倒疏远起我来了。至于他的上司王经理，就更是看她不顺眼了，动不动就挑她的毛病。

后来一个同事跟她讲："艾丽呀，你把我们私下的埋怨拿到了会场上讲，这不是把我们都卖了吗？你怎么这样犯二呢？"

我对她说："肯定会是这样啊，你这是一下子得罪了一大帮人呢。其实他们还有一些想法没说出来，就是觉得你没脑子，跟你聊天说的话，说不定什么时候就会在别的地方冒出来。而且你在会场上得罪了老板，老板肯定看你不顺眼，谁跟你亲近，都可能被老板认为也是对他有意见，谁愿意背这个嫌疑，冒这个风险呢？你可能想不到的是：其实你也得罪了你的上司王经理，王经理会想，老板会不会认为他领导能力不足，管理松散？如果你是王经理，你会不会留这样的'炸弹'员工在部门里？你看，你的几句话，就给自己惹来了这么多麻烦，断送了自己的工作前途。"

会场是表达领导意图，实现领导意愿的舞台，怎么能允许员工乱讲话？会议发言，自有其规则。

1. 职场会议多半只是形式而已

领导在会上的某个提议，都是在会下协商好或开小会时板上钉钉的，拿到大会上让大家讨论，基本上只是走个形式而已。所谓的让大家就某一议题畅所欲言，提不同建议，只是冠冕堂皇的话，并不是真实想法，真实的想法恰恰是希望员工支持提议。如果你真的提了不同意见，你就等于不支持领导，不给他们面子。

2. 没有明白领导的意图就讲话，伤不起

开会的目的是什么？很多人会回答是集思广益，解决问题，统一思想和认识。统一思想和认识确实没错，但你要明白，这次会议的思想是什么，是谁提出的，是谁的思想？明了这一切后，稳妥的做法就是领导说什么你随声附和就可以了，这绝对靠谱。

遗憾的是，艾丽没有明白其中的"猫儿腻"，胡乱发言，以至于让领导反感，同事也不领她的情。其实大家都是混职场的，现实得很，就算他们明白艾丽的出发点是为了大家好，可是谁敢拿自己的饭碗开玩笑？偏偏艾丽不明白这个道理。

你是职场新人还是老员工，这不重要，重要的是一定要明白领导开会的真实目的，否则就有可能说错话，当然也不会给领导留下好印象，而且还很容易招惹是非，得罪他人。

会场是一个小江湖，但这个小江湖有它的规则，解决关键问题不开会，问题的关键在会外。在开会的时候，要看领导的脸色行事。如果你不会看，可以看一下身边的老同事在会场是如何表现的，把他们当作风向标，一般就不会给自己招惹是非与麻烦了。

小贴士

　　在会场上发言是一门大学问。开会时，如果领导让你发言，你一定要注意：

　　❶ 一定要看领导的脸色行事。特别是没有多少会议经验的新人，最好先琢磨一下领导的意图。

　　❷ 发言时，要与领导的发言保持一致，这样虽然显得圆滑，可总比在会场唱反调靠谱。

　　❸ 职场新人平时要向老同事侧面了解一下老板和上司不喜欢员工说什么，这样开会时就能避免引火烧身。

你坐对位置了吗？开会的各种座位潜规则

　　王小姐供职于广州一家贸易公司，她说："作为一名上班族，我最纠结的事就是开会时坐在哪儿。"

　　第一次开会时，王小姐没留心，去晚了，看到第二排有两个座位没人坐，想也没想，就一屁股坐了下去。可不一会儿，自己部门的经理竟然坐在旁边的空位上了。

　　老板让各部门代表发言时，经理扫了一眼王小姐，又看了看其他同事，随口道："小王，一会儿你代表我们部门说几句吧！"

　　经理下了命令，王小姐就当仁不让地说了几句，可去洗手间时，就听到部门的同事在嘀咕她："那个新来的小王可真会找座位……哎，她才来几天，就坐得离领导那么近，轮到谁也不能轮到她坐在前面吧！好像我们先来的都胆小似的，她逞什么能啊？"

　　"就是，就是！"

　　王小姐一听就明白了，这是同事嫌自己坐在前面，抢了她们的风头！

　　下一次开会时，她就学聪明了，去得非常早，主动在会议室靠后的位置找了一把椅子坐。

　　她没想到的是，这次又惹经理不痛快了。因为同事看她坐在后面，也都往后面坐，结果经理来了一看，会议室前几排都没人坐，后几排却人满为患，而且泾渭分明：一排是老员工，一排是公司的新人。

　　于是，经理大声命令道："大家来前面坐，都坐在后面算什么事?!"

一听经理如此说,王小姐的同事开始往前坐,最后只有王小姐一人原地不动,孤零零地坐在那里,像一座孤岛。经理看了她一眼,似乎想说什么,却没说。

开完会后,经理让其他同事走了,却留下王小姐,语重心长地说,一定要与同事搞好关系,被同事孤立会影响以后的工作啊。

坐前面不行,坐后面也不行,坐在哪个位置上是对的?王小姐烦不胜烦。初入职场,你是否遇到过王小姐这样的烦恼呢?相信很多人会有这样的纠结吧。

开会怎么坐,这是个大问题。小会场,大职场,职场人士要"坐"出职场大好前程,一定要了解会场上与座位有关的学问,特别是座位潜规则。

1. 圆桌会议座位潜规则

开会时,如果会议桌为圆桌,公司的一号人物(老板)和二号人物(部门经理)要坐中间,中间隔一到两个座位,每人旁边的座位都是相等的,员工则依次排开。

有人可能一听就晕了,圆桌是圆的,怎么才能找到中间?很简单,圆桌会议可以以门作为基准点。通常,靠里的位置相对重要,换言之,靠里的座位你千万不要坐,因为它是留给老板或者主宾的。

2. 长桌会议潜规则

参加长桌会议怎么坐呢?一般来说,如果有领导参会的话,就一定要记得长方形的短边,且是靠里一边的位置,是属于老板的。如果有客户老板参加,主方老板及重要人物坐在右侧,客方老板坐在左侧,这样,就能显示对方的尊贵。

如果参加会议的人较少,领导通常会选择长边的一角来坐,这样就可以让会议气氛融洽一些。

3. 论资排辈潜规则

开会之所以出现有人坐错了座位的问题，主要是由于职场中凡事有论资排辈之说。作为普通员工，进了会场，你最好不要随便坐，而是根据自己的身份，去找那个属于自己的座位。当然，也可以找一个适合听会，能清晰地听领导或同事发言，或利于自己发言的位置。

如参加长桌会议，坐在上司的一侧是绝佳选择：在这个座位既可以不被上司压住风头，又可以在关键时候与上司一唱一和，给上司和老板留下好印象。

而上司对面的位置，由于具有对抗性，易引起领导的反感和猜忌，所以一般不要去坐。而如果哪天你大权在握，则要小心坐在这个位置的人。

美国心理学家斯汀泽通过对多场会议的研究，发现与会者的心理不同，所选择的座位就不同：

主动坐前排的比坐后排的人更有自信；

有竞争关系的两个人往往会坐在彼此对面；

主持会议的人影响力小的时候，与会者常爱与对面的人闲聊；反之，与会者爱与相邻的人闲聊。

作为普通员工，如果你想一鸣惊人，可以选择重点位置斜对面的座位，这个位置很容易被领导注意到。但如果你坐在这个位子上，一定要认真听讲，不能有消极的表现，否则会适得其反。

第二章
领导微表情，员工读心术

　　你知道吗，脸部微表情会出卖一个人内心的真实想法。开会时，通过观察领导的眼神、手部等微表情，就可以了解领导的内心世界，看透他们说的是不是真实想法。

　　当你看透了领导的心思，做事情就能游刃有余，将他们交代的事做得到位，升职自然也就不远了。

小手势，大表情：一"手"识透老板、上司心

刘昇是一家化工公司销售部的经理，最近他们公司要与一家外资企业进行一个项目的合作，谈判日期定在周五上午，地点是公司的小会议室。

刘昇一方的谈判代表有三人：老板张小亮，刘昇，销售部副经理小吴。他们提前进入会议室，开了个小会，张小亮做了一个决定："一会儿谈判时，大家要看我手势和眼色行事，如果我将两根手指并在一起，放在嘴边，意味着对方开的价格较高，应该立马拒绝！一根手指放在嘴边意味着考虑下！眨三下眼意味着价格可以了……"

谈判开始了，一开始大家和颜悦色，但谈到产品价格时，张小亮感觉高了，就将两根手指并在一起，放在嘴边，想让刘昇砍价。可让张小亮生气的是，刘昇看也没看自己，竟然跟对方说："这个价格是可以考虑的。"

幸亏小吴机灵，马上打圆场："是啊，如果是去年的话，这个价格是可以考虑的。但就现在的市场行情来看，你们提供的价格我们是没法接受的！"

虽然这次谈判双方在价格问题上没有达成一致，但中午张小亮还是宴请了外企代表。由于他最近身体不好，不敢喝酒，所以一看酒菜齐全了，就用脚踢了踢左边的刘昇，指了指自己的酒杯，又指了指外企代表，意思是要他陪外企代表喝酒。

但刘异却误读了张小亮的"手语"，以为是要他倒酒，结果，他给不能喝酒的张小亮倒了满满一杯。

"小刘，你可真体贴我！"见刘异竟然理解反了自己的"手语"，张小亮十分生气，可又不便发作，只好用脚踢了踢右边的小吴，又指了指自己的酒杯，指了指外企代表。聪明的小吴立马站起来，端起酒杯，向外企代表敬酒，几杯酒下肚后，席间气氛活跃了起来……

几个月后，公司进行了人事调整，小吴成了销售部的经理，而刘异则降了半级，成了副经理。

自己为什么会变成副经理呢？刘异有些不明所以。

其实，刘异之所以被降职，是因为他在谈判会场和宴会中反应迟钝，愣是没有读懂老板的"手语"，小吴被升职，恰恰是因为他读懂了老板的"手语"，帮老板分了忧、解了难。

1. 一般来说，手势丰富的老板和上司是性情中人，这样的领导多爱冲动。而如果老板和上司的手势很夸张，那么，他有可能是一个性格敏感、软弱，易受他人影响、没有主见的人。

2. 在会场上，很多老板和上司在发言时，会有一些手部动作，如双手叉腰、双肘向外，这是古典体态语，是命令性肢体语言，意味着他是支配者，喜欢命令下属做事，希望下属听从指挥。

3. 如果领导坐在主席台或首席位子上，双手合拢，从上往下压，表明领导想使内心平静下来，而之前他或是焦虑不安，有些烦躁，或是有些生气。

4. 在会场、特别是讨论会上，如果你的领导总是将手握成拳头，那么，你的领导就是在维护自己的观点，你最好不要与他唱反调。如果他用拳头敲桌子，那你干脆别发言，因为他根本不想让人说话。

5. 在氛围比较轻松的小型会议上，一些领导既喜欢与下属说说笑笑，也会在散会时拍拍下属的肩膀。如果是侧面拍，表示认可和欣赏；而从正面或上面拍，有可能是他觉得小看了下属，或者是在显示权力，让下属明白谁才是老大。

6. 参加一些洽谈会，遇到外单位的重要人物时，你需要与其握手，此时你可以留心一下：

如果对方握手的力量很大，说明这个人比较自负而且喜欢逞强，但为人比较坦诚。

如果力道比较轻，说明这个人比较内向。

如果他与你握手的时候，用右手拉住你的手，再把左手握在上面，说明他向你表达信任或友好。

如果有人在与你握手时，像虎头钳一样紧握着你，这样的人你要注意了，他是工于心计的人。

八招教你瞬间读懂老板和上司的眼神

钱小强在一家保险公司销售部工作快两年了，是公司的老员工。销售部会多，什么早会、晚会、经营分析会……

每次开会时，经理点名让他发言，发现他总是低着头发言，而不像其他人那样抬头目视前方，面带微笑，每次开会都是如此。

这是为什么呢？好奇的经理有一次在会后将钱小强叫到了办公室。尽管只有经理与钱小强两个人，可在谈话时，钱小强依然低着头。

"钱小强，你能不能把头抬起来？"经理十分不满地说。

"嗯。"钱小强把头抬了起来，但只是看了经理一眼，就又把视线转移到了办公桌上那盆滴水观音上。

对于钱小强的这种表现，经理感觉很受伤："钱小强，跟我谈话时，你的眼神应该跟我的眼神保持接触吧！你应该看着我，而不是那盆滴水观音，这是最基本的礼仪吧？"

"可是，经理……可是……"

"可是什么？你说清楚啊！"

"我以为我发言时盯着对方看，是对对方的不尊重！"

"可你不盯着对方看，你怎么了解他们的心思，琢磨清楚他们在想什么，需要你做什么呢？"

俗话说"眼睛是心灵的窗户"，人的喜怒哀乐首先反映在眼睛里，视线的移动方向、集中程度等都表达着不同的心理状态。

聪明的上班族在开会时，应该与领导保持眼神的交流。只要你读懂他们的眼神，就可以了解他们是高兴还是生气，他们在想什么，想让你做什么。有时候，领会他们一个眼神，比你加班更能赢得他们的欢心。

1. 如果你的领导在你发言时眼睛总盯着别的地方，说明他在想其他的事，或不重视、不欣赏你的讲话。

2. 如果你的领导友好地、坦率地看着你，甚至眼中有些许笑意时，你可以大胆发言，积极表现。

3. 如果你的领导总是盯着你看，意味着他对这个员工十分感兴趣，你一定要积极表现，把自己最优秀的一面展示给领导。

4. 如果你看到领导一会儿一看表，那表示他不想再听你讲话了，你最好尽快结束发言。

5. 如果你发现领导总是闭着眼，而不与你的眼神保持接触，那你就要小心讲话了。这可能有两种原因：一是你在会场的表现让他心烦了，但他又不想做出任何评价；二是你的表现让他感到累了。此时，你要尽快结束发言。

6. 如果领导总是环顾会场，并爱微微点头，意味着他是喜欢下属绝对服从型的领导，下属发言时要顺从他的意思，少说多听。因为不管你说什么想什么，他通常不理会。

7. 如果领导在众目睽睽下，总用锐利的眼神目不转睛地盯着你，意味着他不相信你，或在等待你说出事情的真相。他是比较较真儿的领导。

8. 如果你发现领导的眼睛总是充满笑意，说明他比较好相处，宽宏大度。反之，若眼神冰冷，甚至不正眼瞧别人，说明这个领导自以为是，不好相处。

小贴士

　　眼神是无声的语言，在会场上，聪明的上班族要学会多观察领导的眼神。

❶ 领导长时间地盯着下属看，说明对下属十分好奇、感兴趣，下属可以在会场积极表现。

❷ 如果你发现领导总是闭着眼，而不是与你的眼神保持接触，那你就要小心讲话了，尽快结束发言。

❸ 领导用锐利的目光长时间看着下属时，下属要小心行事了，因为这样的领导专横，冷漠无情。

老板开会为什么爱板脸?

这天下午，北京某一地产公司开会，员工大多提前进入会场，一时间，大会议室人头攒动。

小赵是这家地产公司的新人，也早早来到会场。过了10分钟左右，老板与助理小陆等人进入会场。小赵人漂亮，嘴甜，好奇心也很强，喜欢察言观色。这天，老板一进会场，她就发现老板板着脸。

"孙姐，吴总为何板着脸啊? 我一看他板着脸就心跳加速。"会场上，她小声问身边的同事孙姐。

孙姐是资深员工，对公司的鸡零狗碎如数家珍。

"吴总板着脸当然有原因，听说最近公司与几家银行谈的合作项目不顺利。"见小赵好奇，她低声道。

"不会吧? 合作项目不顺利很正常啊，要为这个板着脸，他的心理承受能力也太一般了吧? 我原来公司的老板，没听说有什么烦心事，可也总在开会时板着脸!"

"我见过的老板也都爱板着脸。没听说过这样的职场传言吗，开会老是板着脸的家伙就是老板，会后总是裁人的家伙就是总裁。"

两人低语间，主持人宣布开会，然后是公司副总讲话，刚讲了几句，就听到副总放了一个响屁，由于麦克风在他的座席上，与会者都听见了，很多人在台下尽力捂着嘴，极力不让自己笑出声。

见此，吴总板着脸，紧闭双唇，看了看副总。副总低头不语。吴总又看了看旁边的助理小陆，小陆很机灵，马上站起来跟大家道歉：

"不好意思，我这两天胃不舒服，各位继续听会。"

"众目睽睽之下，你真好意思，不能忍着吗？这点儿小事都不能忍，怎么做大事？"老板还是板着脸，可是小赵发现，老板对小陆说话的语气却很平和，甚至有些亲切。

会后第二周，副总被调往新疆分公司任职，明升暗降。在会上被老板批评"这点儿小事都不能忍，怎么做大事"的助理小陆却被晋升为办公室主任。

老板之所以保持板脸的表情，可能有以下两个原因：

1. 要树立威信：我是老大

老板要想行使自己的管理权，不仅要用纪律约束员工，还要树立自己的权威，而会场是老板树立权威的最佳场地。

2. 伪装的艺术

老板与员工的立场是对立的，一个是管理方，一个是被管理方，这种对立角色决定了老板在员工面前情绪的表达要受限制，不能随心所欲，甚至要学会伪装，不管高兴不高兴，都要板着脸，面无表情，不动声色，这样员工就猜不到他的真实想法，进而生出敬畏心。

老板在会场上板脸，员工该如何应对呢？

1. 面对总是"黑"着个脸，比包公还"黑"的老板，员工要小心行事，这类老板往往心眼儿小，爱斤斤计较，爱生气。对这样的老板，你一定要注意自己在会场的言行举止，否则，很容易成为老板不良情绪的发泄桶。

2. 再怎么板脸的老板，其微表情也会泄露他的内心秘密，没有别的办法，对其高度关注，细加观察，见机行事。

老板、上司发言中暗含的有效信息

小李是深圳一家贸易公司采购部的经理。这天，老板通知他一起去法国一家公司考察项目，同行的有采购部副经理，还有一个年轻同事小伍。小李高高兴兴地跟着去了法国。

一周后小李回来了，却无精打采的。朋友问他为什么不高兴？原来他惹老板不高兴了。

考察期间，老板对客户的葡萄酒很感兴趣，但感觉价格有点儿高，有些拿不定主意，就问随行的小李和采购部副经理："这家公司的酒怎么样？"

小李脱口而出："这家公司的葡萄酒太贵了，还是不要买了吧！"

副经理的意见也是不要买。

"哦，那小伍你是怎么认为的呢？"老板问小伍。

"呵呵，王总，这家公司的酒很不错，值得购买！"

小伍的话音刚落地，小李与副经理不约而同地流露出了不解的神情，显然，他们不明白小伍这个年轻人为什么跟自己唱反调。

"那我们明天就下单，先订一些货！"听老总如此说，小李与副经理更是不知所措。

小伍为什么与小李持相反意见，认为应该买呢，是由于他从老板的言行举止中发现了隐藏的有效信息。小李对老板说完建议后，细心的小伍发现老板微微抿了一下嘴唇，轻轻叹了一口气，这就让他确定老板对小李的回答不满意。之所以不满意，是因为老板想订这批货，问下属只是确定一下，希望下属能赞成，增强他的决心。果然，第二天老板就与这家公司签约了。

让小李他们大跌眼镜的是，回国不久，小伍就被调到老总办公室，担任助理职务。

每一个领导在讲话时都会有一些技巧。比如，跟你说"好久不见"，有可能是在批评你业绩较差或不认真工作；询问"你家里发生什么了"，暗指你最近工作心不在焉；淡淡地夸奖你"有潜力"，或许是在说你能力一般。

在会场上，如何能识别老板和上司讲话时那些暗含的信息呢？

张先生是一家民营企业的中层管理人员，他认为上班族在开会时，一定要这样听会：

1. 人际沟通的关键是对字词意义的理解。听领导发言时，一定要专心倾听，不要一边听一边想其他事情。一是你可能让领导误解，二是会错过一些很重要的话，三是忽略了领导的情绪。

2. 听会时，不要只是听，或只是通过点头同意来表示正在倾听，最好的方式是在听的同时察言观色，通过观察领导的语调、姿势、手势、面部表情和眼神，来解读领导发言时的每一句话甚至每个词的真真假假。

开会时，如果你的领导表情很自然地说你很有才华，那说明他在称赞你；如果他表情不自然地说这句话，十有八九是在讽刺你。

3. 如果你实在读不懂领导发言时暗含的有效信息，可以向公司老同事虚心请教。千万要注意的是，一定要问对人，要问公司中那些资深且热心的老同事，那些与自己关系不好甚至有过争执的同事，还是算了吧。

第三章
开会心理学：斯汀泽现象

　　很多上班族进入会场后，总是随意找一个座位坐下。其实，开会坐在哪儿，如何坐，哪些座位是职场新人坐的，哪些座位是领导以及公司红人坐的，都有讲究。

　　此外，一个小小座位以及座次反映了与会者的不同心理，也传递给领导不同的信息。如果你经常开会，又想明哲保身的话，可坐在后排或离领导较远的座位。如果你想在会场上给领导留下好印象的话，就要鼓足勇气坐到离领导近一些的座位上，积极表现。

论资排辈，会场上对号入座是上上策

Bruce（布鲁斯）是我表弟的儿子，5年前毕业于北京外国语学院。毕业后第一年，Bruce凭借一口流利的英语，进入一家美资企业上班。

工作半个月后，公司管理层开会。因为英语流利，公司老总有意重点培养Bruce，就破例让他参加公司管理层的会议。

开会时，公司是向参会人员提供咖啡的。那天，Bruce进会议室之后，就去泡了杯咖啡，然后随便找了个座位坐下，一边喝咖啡，一边看公司下发的会议资料。

Bruce刚喝到一半，总经理的助理小燕就过来了，非常礼貌地对Bruce说："对不起，请你让开，这是我的座位。"

见此，Bruce只好把座位让出，自己在后排找了一个位子坐下。

"我后来才知道，像这种定期的高层会议，一般都有固定的座位。呵呵，都要对号入座。"在老同学的聚会上，Bruce对同学大谈自己的职场感悟。

公司开会，很多上班族到了会议室，总是随便就找个座位一屁股坐下去。这样随便坐的结果，很有可能是坐了不应该坐的座位。

公司开会，如果是大型会议的话，可以随意些，如果开小型会议，比如高层管理会议，那就要论资排辈，对号入座了。

来看小李的例子：小李是一家公司的总经理秘书，每次开会时，她总是最早来到会议室，先选择座位坐下，而且她选择的是次重要人物的位置——总经理右手边的座位。时间一长，那个位置就变成了她的专座，没人敢抢了。这意味着什么？聪明的上班族会恍然大悟：开会坐在哪儿，也要论资排辈。

如何选择自己的座位呢？最靠谱的方式，就是根据你目前在公司职位。

1. 职场菜鸟的位子

如果你是职场菜鸟，新进公司没多久，对公司还缺少了解的话，可以选择不起眼的后排座位，这样可以"察言观色"，多了解公司复杂的人际关系。

2. 专家或技术骨干的位子

如果你在公司处于专家或技术骨干的位置，业务知识丰富，那么，进入会场后，你可以选择第一排斜对着总经理的座位，或让重要人物看得到的位置。这样，你就可尽情表现自己了。

3. 会议主持人的座位

在会场上，主持人扮演着极其重要的角色，最好坐在能掌控全局的座位，即面对门口，离门最远的座位。

如果是小型会议，如长桌会议，主持人最好是坐在短边的中间，这既是主人位，又是"掌控位"，能传递给与会者一种高高在上的权威气势。

商务会议，那些不得不说的座位潜规则

28岁的袁楠是南京一家贸易公司的销售部经理，公司主营空调、洗衣机等业务。最近公司招聘了一些销售员，经过短期培训后，袁楠就让这些销售员上岗了。

昨天，袁楠带了小赵、小李去拜访一个大客户——一家宾馆的采购部王经理。王经理是袁楠的老客户，从他手里接过不少订单。这次去拜访，是王经理想从袁楠公司再进一批空调与洗衣机，可又嫌价格有些高，要袁楠过去谈一下价格。

而让袁楠纠结的是，小赵、小李在会上表现很差，甚至不知自己应该坐在哪儿，怎么坐。

小李坐到了自己身后，最让袁楠伤不起的是，小赵竟然坐到了客户方的位置。

袁楠一看这种情况，有些不满，可又不好发作，但王经理是一个性格直爽的人，见此，他对小赵建议道："坐我们这边的这位先生，怎么坐到'圈外'去了？你最好坐到你们的阵营中去，别坐错了队伍啊！"

听客户如此建议，小赵还算机灵，以最快的速度闪到袁楠这边来，但又不敢挨着袁楠，于是袁楠两侧的座位很突兀地空着。

王经理一看，就指着小赵、小李道："这两位先生，你们最好坐在你们经理两侧，一边一个，这样，才能为你们经理保驾啊！"

小赵、小李一听，赶紧坐到了袁楠两侧。而客户的几个工作人员

则与袁楠他们的销售员正面而坐，一时间会场上多了几分正式会议的氛围。

这次洽谈会的结果还是令人满意的，袁楠又为公司接了一个大单子。尽管如此，袁楠依然感觉很受伤，很丢面子。回来后，他马上安排人给新销售员上了一堂"座位课"：商务洽谈会应该如何坐才对。

身在职场，有时免不了要去拜访客户，参加一些商务洽谈会和谈判。别看参加这类会议的人不多，讲究却不少，特别是在如何坐的问题上讲究更多。经常参加这类会议的资深职场人士，都深谙以下这几项不是规则的规则：

1. 如果你经常看一些评论性、辩论性电视节目，你会发现对立的双方都是相对而坐，而不是一字排开。这样安排座位，更易"造势"——让双方的气势不断增强，论战越来越激烈，高潮迭起，从而达到让节目叫座的目的。

参加洽谈会或谈判会，一般是我方坐成一排，对方坐成一排，相对而坐，这样就无形中为会场增加了几分剑拔弩张的气氛。

2. 如果会议中有特殊规定，或相关人员已经做了安排，与会者最好"入乡随俗"。

就拿长桌会议来说吧，有的会议主办方将客户方高级代表安排在长会议桌中间的位置，己方坐在对面，以重要人物为中心，依次落座，但会议桌的两端要空着。

3. 如果开的是排定座位的会，一定要先问明白自己应该坐在哪儿。可以先向同行的资深同事请教，如果他也不太清楚，再问会议主办方人员。

如果会场有工作人员或引座人员，最好等着他们将自己引导到座位上去。

4. 如果洽谈成功，与对方签约的时候，可以换一个靠近签约方的位子，如坐在对方的侧面，这样既可以让对方感觉自己有亲和力，又能在签约时不必将合约递过去，而是轻轻挪给对方，以便尽早完成合约的签订。

商务洽谈会上如何坐有很多讲究。参加这类会议，如果你不想授人笑柄，惹毛领导，就要在平时多学习，多向人请教，这样就能避免坐错了位子，坐丢了前途。

抢前排坐，才能坐出职场正能量

苏洁与刘露都是刚毕业不久的大学生，同时被招聘进一家世界500强中排名靠前的电力公司，供职于市场部，是同事兼死党。

这家电力公司的工薪、福利待遇什么的都非常不错，但就是会多。特别是市场部，一周有很多时间都在开会，计划会、汇报会、学习会，形形色色的会议让刚毕业的苏洁与刘露都有些不适应。

半年过去了，苏洁与刘露已经适应了公司的会议文化。不过两人在开会选择座位时，苏洁喜欢坐前排，刘露则喜欢坐后排。

一年后，市场部的王经理被提拔为副总经理，主管公司销售。市场部副经理老张被提拔为市场部经理，而副经理的人选要从现有员工中择优挑选，由现任王副总经理推荐，他选的那个人，竟然是苏洁。

很多人对此不解，特别是刘露，简直是惊呆了：王总为什么推荐苏洁呢？论工作能力，她还不如自己，其他方面与自己不相上下，而且自己比苏洁加班多……难道她是王总的亲戚？或其中有什么潜规则？

王总为何会极力推荐苏洁呢？一次开会时，王总坦言："开会时，苏洁总是坐在前排，这说明她有自信与进取心。我们团队最需要有自信与进取心的人，虽然她的工作能力并不是最强的，但我还是向人事部推荐了她。"

小小的就坐貌似没什么，可在一些领导看来，却反映了与会者截然不同的心态。开会习惯坐前排的人也许工作能力一般，可有自信心和进取心；坐后排的人也许能力不凡，却畏畏缩缩，不思进取……

经常参加会议的上班族们要多加反省了：

1. 开会时你是如何选择座位的？是不是总是下意识地往后坐？

2. 你是否观察过你的同事，哪些同事喜欢坐在老板身边，哪些同事常常坐在老板对面的座位上？还有哪些人，明明内圈或前几排没坐满，他也会选择坐到外圈和后排去的？

接下来，你就要考虑如何在座位的选择上给自己一些正能量了：

1. 很多上班族一进入会议室，就争抢后面的座位，而前两排的座位无人问津。如果你想尽快升职或加薪的话，那就不要跟你的同事抢后面的座位。

靠后的座位很低调，"明哲保身"，却容易给领导造成"胸无大志"的印象，而且后排被坐在前面的同事挡住，在领导面前成为了"隐形人"。

老板会提拔那些自甘隐蔽的下属？用脚想都能想出答案——那是绝对不可能的。所以，开会选择坐后排，等于给自己的职场前程注入负能量，而选择坐前排那就等于给自己注入正能量。

美国学者霍尔的一项研究表明：人与人之间最适合的社交距离，特别是上下级关系，是4～12英尺。这就意味着，下属要与领导保持良好关系，应该选择领导4～12英尺范围内的座位。从这个角度来看，开会时选择后面坐也不能给自己正能量。

2. 前排哪个位置能给自己正能量呢？

答案是：最好的是第一排靠右的座位，次优的是第一排中间，或稍靠左。这些座位能够统观全局，既可以看清领导的表情，与其眼神交流，又可以随时交谈。

如果你已是公司的资深员工，想再晋级或让老板加薪，就一定要选这些位置。

坐在这些位置的人，一定要积极表现，除认真听会，还要积极发言，多与领导互动。这样，就能给领导留下为公司着想或进取心强的好印象，从而在加薪、升职时第一个想到你。

由于领导也很容易看到坐在这些位置的员工，所以，千万不能有不良动作，比如与其他同事聊天，或用手机发短信。最好是准备一个笔记本，认真做笔记才是正道。

会场上坐靶心区的上班族们，伤不起

吉文所在的保险公司总是在周一开例会。每到周一开例会时，公司很多新人总喜欢找个不起眼的"角落"坐下，或者找一个老板或自己部门经理看不到的位置坐下。

吉文认为一个员工要想升职加薪，必须要在开会这种场合坐到领导能看到的地方。只有在领导面前多露脸，多"晃悠"，增加"曝光率"，才有可能让他们多了解他，从而增加被委以重任的概率。于是，每次开例会，他都会坐在老板或经理的正对面。

一天，开会时，他忘记了将手机调到静音状态，结果，会开到一半，有个朋友打电话过来，他的手机立马惊天动地地响了起来。经理一听十分生气，点名批评道："吉文，开会你手机不调静音，不是影响大家吗？"

让吉文后悔莫及的是：这之后开会，上司总是找他碴儿，习惯性地批评他。比如，这周一开早会，刚开到一半，经理就点名批评道："吉文，你难道不知开会时要做笔记吗？难道不知道开会时不能打瞌睡吗？"

每每吉文被批评后，总是不明所以："经理这是怎么了？鬼迷心窍了吗？还是自己真的很笨？"

其实，吉文之所以总是被批评，不是经理怎么了，而是他在开会时坐错了位子。尽管他坐上司对面的初衷是想在上司面前多露脸，却不知坐在上司正对面，是坐在与上司对立的位置，坐在了靶心区！

吉文之所以坐在靶心区，是不知道有一个坐向效应。而所谓的坐向效应是指在人际交往心理学中，由坐向影响交往心理的一种现象。

1. 从坐向效应来分析，无论何人，如有人与自己相对而坐，通常在心理上就有受人视线逼视的感觉，在这种逼视下，自然会产生压迫感，并产生直视对方心理的攻击性。与人争辩时，很多人总是不自觉地采用正面相对的坐向，就是这个原因。

2. 受心理省力原理的影响

通常，人们都会受人的心理省力原理的影响。相对而坐受这种原理的影响比较大，反之，并排而坐则受这种原理的影响比较小。因为并排而坐，如果想与人理论，须扭转头部，时间稍长，人的脖子就会紧张发酸，坚持不了多长时间，争论的兴趣与斗志自然会大大减少。

小贴士

❶ 如果想明哲保身，不想出风头，可以选择离领导远一些的后排或老板看不到的座位，这样就能避免坐在"靶子"区！

❷ 如果想在领导面前多露脸，多"晃悠"，增加"曝光率"，可选择离领导近一些，但与领导视线斜向交错的座位。

❸ 如果你紧挨领导来坐，最好选择坐在领导的左侧。在这个位置上，你可以一箭双雕：既能轻松观察和解读对方的微表情，又可以将自己情感薄弱的左半边脸"隐藏"起来。

老板身边的座位是"雷区"还是"沃土"？

星期五下午，广州一家动漫公司马上要开一个项目讨论会，由于会议很重要，公司总经理和副总经理也亲自参会。

为了给老板留下好印象，很多人早早到了会场。

不过，由于接了一个客户的电话，发行部的王姗姗就从办公室晚出来了一会儿，等她一路小跑，到公司会议室的时候，会议已经快开始了。最让王姗姗纠结的是，会议室已经人满为患，只有总经理和副总经理左侧还有一个空位。

而总经理和副总经理的右侧是发行部的婷婷。婷婷是发行部销售业绩最好的，是老板面前的大红人。此时，她就跟副总聊得热火朝天呢！

要不要坐到总经理和副总经理左侧？王姗姗有些犹豫不决。而发行部的经理见王姗姗傻乎乎地站在门口，有些不满，语气还算平静地对王姗姗道："姗姗，快要开会了，别站在门口，快找一个位子坐下！"

"嗯，嗯！"王姗姗见经理催，自己也确实来晚了，就在总经理和副总经理旁边那个空位子上坐了下去。

由于是第一次坐在总经理和副总经理身边，王姗姗特别紧张，刚坐下脸上就开始出汗，如坐针毡。见王姗姗不停地拿手绢擦汗，副总经理看了看她，但没说什么。轮到副总经理讲话时，他的第一句就说："我今天的讲话很重要，希望各位认真听，注意听，别走神，别做其他的、想其他的，最好做一下笔记！"

副总经理说完，又看了王姗姗一眼。这一眼，王姗姗更加紧张，还好带了笔记本，可以做笔记，不然跳楼的心都有了。

开完会回到办公室，王姗姗对一个关系较好的同事说："唉，以后开会我一定要早点儿去，再也不坐老板身边了，简直太伤不起了！"

开会时，你敢坐领导身边的座位吗？

1. 那是似乎是不能逾越的"雷区"，你的一言一行都暴露在老板的眼皮底下。

2. 那是为嫡系红人准备的，你坐上去，会给其他同事留下想拍马屁的嫌疑。

有以上两种想法的人一般不敢也不喜欢坐老板身边，即使坐了，也总觉得拘谨，没有安全感。

领导身旁的座位是"雷区"还是"沃土"？

这要看你是想在职场原地踏步，还是步步高升。如果你想在职场不断上升，这个座位确实是不错的选择。

1. 那个座位能够更好地领会领导的意图，也能看到其他与会者的表情和反应。

2. 这个位置上也便于领导观察自己，积极表现的话，就能让领导看到自己优秀的一面！

3. 会议上的发言可能是按照领导旁的座位顺序，如果你坐在领导身边，就有可能首先发言，这可是绝好的机会。

4. 坐在这个位置上，会被视作老板的左膀右臂，老板最亲密的支持者，身边的红人。

坐在老板身边，要注意展示自己最敬业的一面：

1. 打起精神听，能做笔记就奋笔疾书地做好笔记。

2. 把握互动的机会，积极发言，精彩发言，让老板在有限的时间专心倾听你的发言。

多表现自己优秀的一面，等于给自己的晋升之路铺了一块垫脚石。也许一开始的时候你有些紧张，但时间久了，特别是你习惯于积极表现、与领导经常互动的时候，你升职和加薪的日子也就不远了。

小贴士

开会时，是否选择在领导身边的位置落座，便完全取决于你的进取心和表现欲了。如果你有晋升或加薪的梦想，如果你想得到提拔与重用的话：

❶ 开会的时候，有机会坐在领导身边，你一定鼓起勇气去坐，别怕其他同事说闲话。

❷ 当你坐在老板身边的座位上时，一定要积极表现，如能做笔记，就奋笔疾书地做好笔记。有发言机会，就积极发言。

第四章
开会发言术：不懂会场讲话之道，你就当场被淘汰了

会议室就像是跑马场，众目睽睽之下，每个参与者都能在同一起跑线上，得到展示自己的机会。

开会发言不比平时说话，它是一门技术活儿，更是一门艺术。

职场菜鸟们要想有精彩的发言，一定要多了解并掌握一些发言术，如说话时保持声调的激昂、不要用催眠的语调、注意运用身体语言等。当你学会用正确的方式表达自己的观点，用领导喜欢的方式发言时，你不仅能赢得同事的掌声与喝彩，也会迅速提升你的职场形象，还可能获得意想不到的升职加薪机会。

开会不懂发言术的悲剧

朋友老汪是上海某汽车公司的老板，周四上午，他让我去他们公司找他，说有要事相商。到他公司，是秘书接待的，说汪总在开会，还有几分钟会就开完了。

我在接待室等了5分钟，老汪就开完会了，不过，他进接待室时我却发现他眉头紧锁，显然有点儿不悦。

"汪总，怎么了？"

"唉，郁闷死了，我们单位刚招进来一批大学生，开会时发言，一点儿也不靠谱儿，要把我气晕了！"

"说脏话了？"

"那倒没有……就是不会讲话，讲不到点上。唉，不说了，一说就来气！"

中午吃饭的时候，我这才从他嘴里得知了事情的始末。

原来老汪公司采购部的刘经理就要到退休年龄了，老汪不想让他退休，想返聘他做顾问。老汪自己本来打定了主意，开会时只想象征性地征求一下大家的意见，结果，老员工竟然都不说话。这也就罢了，新招进来的小林初生牛犊不怕虎，开始侃侃而谈，一面大谈特谈现在公司主管要年轻化，一面又大说特说社会淘汰机制，把老汪给气得呀，就差当场暴怒了。可小林倒好，也不知道看老汪的脸色，就跟做个人演讲似的，估计是觉得自己真理在手，所以自然理直气壮吧。

开会时，一些员工为了表现自己，肯定会积极发言。如果发言精彩，就能给老板、上司和同事留下好印象，这也等于在职场中迈出了成功的一步，特别是职场新人。可如果发言不出彩，甚至像上面的小林，满嘴跑火车，与领导唱反调，那结果就不用说了。

其实，发言是一门技术活儿，职场菜鸟们要想有精彩的发言，一定要多了解并掌握一些发言术。

1. 林肯说，砍树若需8小时，我会花6小时磨斧。一个精彩的发言是要经过长时间认真准备的，即使是两分钟的即兴发言，也应该认真准备。比如，搞明白会议主题，自己为什么来开这个会？参加会议的都有谁？会议要解决什么问题，达到什么目的？

了解完这些情况后，一定要提前查阅相关数据、材料，事先想一下会议中可能遇到的问题。例如，自己的观点，别人会不会提出反对意见？应该如何说服他人认同你的观点？

当你准备充足，充满正能量，满怀激情地发言时，你会惊奇地发现，听众很快会为你的自信与魅力折服。

2. 效率是衡量一个会议成功与否的重要指标。要想让自己的发言有效率，人听人爱，一定要做到简明扼要、开门见山、主题清晰、言之有物。要做到这一点，就要在开会前写好发言稿，发言稿尽量提纲挈领，条理清晰，先讲观点，再说理由，把发言内容列成条目，每个条目都能用几个词或者一句话概括重点，每一个相关条目下要用数据、材料论述。

3. 发言开头很重要，特别是刚开始的一分钟，一定要吸引人。要做到这一点，最好用故事或者有说服力的数据。

4. 开会态度很重要，开会时一定有自信。因为自信的人全身都会散发一种热力，令身边的人被你吸引。但不能太过自信，太过自信就是狂妄自大，不管同事还是领导，都不会喜欢一个狂妄自大的人。

5. 要想有高水平的发言，那就要平时多看些书，丰富自己的知识，这样才能表达到位，说出高水平的话来。

6. 发言要因人而异。要做到发言得体，一定也要"对号而发"。例如，你是公司资深员工，可以就事论事，直奔发言主题；如果你是新人，不妨先简单地做一下自我介绍，介绍一下自己的名字，供职于哪一个部门等。

发言结束时要客套一些，如"我才进公司，没有什么工作经验，以后还望领导与同事多多提携、帮助""不知说得对不对，请各位领导指正"。当然，也可以先在会场上向同事表示友好，然后发言。

投其所好，定让领导心花怒放

小孙在北京一家大型的民营图书公司做发行经理，主管华东区、华北区。他们公司为我出版过一本书，当时与我一起去上海、南京等地为书做宣传，一路上我们无所不聊。聊起工作上的事情，小孙告诉我，他最怕的就是开会发言。

前不久，他们新换了一位总经理，姓张。张总来的第一天，就召集公司员工开会。

让全体销售大跌眼镜的是，开会时张总一再地打断小孙的发言，很是不耐烦。小孙的发言特色是细致，不过，在张总看来，小孙简直太啰唆了。而以前的刘总经理，就十分认可小孙的发言风格，当然也从来没有打断过。没想到"一朝天子一朝臣"，刘总经理走了，张总经理来了，立马大变样。

小孙说，当着那么多同事，他十分尴尬，恨不得能有个地缝钻进去。

每个人都有自己的讲话风格和习惯，如果领导讲话语速急，那肯定不喜欢讲话慢的下属，可谓是急性子遇到慢郎中，时间久了，一定会有冲突；相反，如果老板个性深沉内敛，肯定也不喜欢讲话语速快、嗓门儿大的下属。

所以，发言是好还是坏，其实标准在领导手中。不了解老板的风格，就很容易撞到枪口上。

那么，如何了解领导喜欢的发言方式，让自己的发言赢得领导的认可呢？

1. 会前多了解，会中多观察

要想让自己的发言赢得领导的认可，甚至是赞赏，最好在开会前做足功课，向一些热情厚道、乐为人师的资深同事了解领导的风格：是只注重结果，还是同时注重过程？个性是不苟言笑，还是幽默活泼？这样就能投其所好了。

如果没办法了解，那就要学会倾听，听一下同事的发言，观察领导的反应，轮到你发言时，你就可以及时调整自己的风格。

2. 发言时与领导保持交流

要想引起领导关注，最好的方法，就是发言时一边阐述自己的观点，一边看着会场里的听众，尤其是那些"主要听众"——各位领导，这样，就能很自然地把自己和领导的关注点联系在一起，引导他们关注自己的发言。

3. 精彩开场白+微表情+激昂语调

发言不仅仅是要表达内容，更重要的是展示你的形象。发言的前两分钟就决定了你的发言是否能成功。要想发言的前几句就引人注目，就要保持声调的激昂，千万不要用催眠的语调讲话。

4. 正确对待老板的表扬、批评

如果受到领导的表扬，哪怕只是一个小小的表扬，也要喜形于色，做出感激万分的样子，这样就能向他们传递你很在乎他们褒奖的信息。

如果有了小小的差错，领导批评你时，千万要淡定，不能有不良情绪，要做出痛心疾首甚至痛哭流涕的样子，设法表现你痛恨自己不能让他们满意的意思。

5. 千万不要说领导不喜欢的话

作为领导，当然不喜欢员工说一些推卸责任或对工作不积极的话。比如，领导点名让人发言，想让你就某个问题谈一下不同的想法，你却说"我没什么要说的"，老板可能就不高兴，因为你给老板的信号是"工作投入不够"。老板欣赏的是创新和效率。

当领导发现一些问题，向员工询问时，最不喜欢员工说的就是"不是我的错"。出了问题，老板肯定很着急，你一句"不是我的错"，而不是帮老板出主意，既容易给老板留下不负责任、不能担当的印象，又错过一个表现自我的机会。所以开会时，最好不要向领导说"不行""不能"等不敢担当的话。

会场发言，九招让你远离紧张魔咒

有一个叫白玲的职场女是这样描述她开会时的紧张心情的：

每次开会时，我最怕领导点名让我发言。前几天公司开销售会，所有的销售人员必须上台讲自己下个月的销售计划，同事们都踊跃上台，面带微笑，胸有成竹地谈着自己的销售计划。

我是最后一个上台的，感觉自己是无路可逃地站到讲台上。还没讲话，我就开始脸红、流汗、高度紧张。由于紧张，话说得磕磕巴巴，脑子里一片空白，说了些什么，我自己都不清楚。我清楚地看到台下有同事窃笑。最要命的是，领导有的在打呵欠，有的一脸不耐烦的表情。

好不容易发言结束，我刚坐下，老板就开始做会议总结，说希望发言不流利的人好好练习一下口才，一个销售员在自己公司发言都困难，又怎么能与客户顺利沟通？

这明显就是在说我嘛。我也不知道该怎么练习口才，之后就更害怕开会了。

其实，开会紧张是正常的。美国的一项调查统计显示，人们把公众演讲或发言列为仅次于死亡的第二件恐怖事情。很少有人当众发言时不恐慌，即使一些"久经沙场"的职业演讲家，依然会或多或少地存在恐惧心理。

很多上班族在开会发言时都表现得十分紧张不安，平时能说会道，可一到开会发言时就变成了另外一个人。

由于紧张、焦虑，在会场上发言时就难以发挥出正常的水平，甚至让同事小视，也给在座的领导留下不堪大用的印象。

既然如此，上班族就一定要想办法克服紧张情绪。

1. 要想远离紧张不安的情绪，首先要克服恐慌心理

可以开会前听听音乐，这样，就会变得淡定从容。

2. 紧张时，可多做深呼吸

当你紧张不安的时候，可以多做几次深呼吸，或者手握紧再放松。多重复几次，就可以缓解紧张情绪。

3. 做一些较轻柔的放松动作

如果感觉身体因紧张而不适，如脖子和肩绷得太紧，那么可以先慢慢地向胸前低头，然后轻柔地绕半圈。如果是在会上，则要尽量将这些小动作融入发言中，成为与演讲互相配合的动作。

4. 巧用转移效应

上班族不妨尝试下"转移效应"，说白了就是转移自己的注意力。比如一看到台下的听众就紧张，一看到领导就心跳加速、脸发热，那就不要去看他们，把注意力集中在讲话上，等到不再紧张时，就可以与听众进行视线交流了。

5. 不要对自己期望太高

一些人之所以紧张，不能发挥正常水平，是因为对自己期待太高。事实上，越是这样，越会造成紧张心理。那么就要降低对自己的要求，可先要求自己流利地讲完，然后再要求自己发言时声音洪亮、简洁有力等。

再比如，可先要求自己照着发言稿读，等适应这种发言方式，再慢慢脱离讲稿，即兴发挥。

这样一步步地来，总有一天你会发现，自己能像别人一样，有一个精彩出众的发言了。

6. 把自己放空，当别人不存在

开会发言时，可以把自己放空，只专注在你所讲的一件事情上，不要老想"会不会说得不好？""有没有什么说错的？"至于发言内容，要谈你在行的，不要谈你不了解或正在学习的，只要坚持这样做，时间一长你就会发现，你发言也可以不紧张的。

为防止因口干而紧张，可以准备一杯水，随时湿润口腔，也可以事先喝点儿水。如果事先没有喝水，会场上又不方便喝水的话，就要用想象的方法了。比如，你可以多想酸味食物，如醋、梅子、葡萄等，这些食物都会促进你的唾液分泌，从而减少你的紧张与焦虑。

7. 把发言中有可能用到的信息写到便签上

好记性不如烂笔头，要想做到发言简洁有力，流利畅通，在开会前，要准备几张便签，把你觉得发言时可能用得上的东西大体写一下。即使你觉得没什么创意，也要将它们罗列出来，写在便签上。

边读便签内容，边将其分类。如何分类呢？把传递同类信息的便签放在一起，不属于任何类别的便签单独放着。

为了使便签内容更有条理，可先将会议发言的重点写下来，并用1、2、3标序；再将刚才分门别类的信息对号入座，归于每一个序号下；最后，将每一个序号下的内容用简单的标题概括出来。

8. 提前写好发言的开头与结尾

一个发言能否吸引领导与同事，开头与结尾是关键，特别是开头，既要高度简洁、有力，又要概括性强。这就需要提前准备好发言的开头和结尾。

9. 准备几张卡片

最好准备几张小卡片。至于具体要准备多少张，视你发言的重点多少而定。不过，第一张卡片要用来记录发言的第一个重点内容，或者一些重要信息，作为提示卡。写在卡片上的内容一定要简洁。

开会发言，有理也不能"高调行事"

张杰毕业后进入一家编程公司上班。张杰上大学时经常参加学校的演讲活动并屡获殊荣，按理说，工作后开会发言应该是驾轻就熟的事了，可一提这个，张杰是抱怨最多的，因为他每次开会发言总是积极主动，甚至不等领导点名就主动发言，可领导的反应并不好。

前天开会时，领导对张杰的发言倒是反应激烈，可是脸色很不好看。

张杰是怎么发言的呢？

那天开会开了几十分钟，老板表达了现在经济不景气，公司想裁员的想法。

张杰一听就着急了，老板让员工谈自己的看法时，张杰用质疑的语气问："经济不景气，为什么你们当老板的还经常去大酒店挥霍？是否裁员，你们做老板的拿主意，可别拿经济不景气当幌子……"

张杰的话没说完，老板就打断他："我就拿经济不景气当幌子了，怎么着吧？你不喜欢我这样的老板，可立马走人！立马消失！"

见老板说话如此绝，张杰一时不知如何是好了。

情急之下，很多人会口不择言，什么解气说什么。可开会发言绝不比平时说话，须三思而行，即使你觉得自己有理，也要小心说话，注意说话方式。

1. 以他人喜欢的方式

人都有趋利避害的心理，如果感觉某事对自己不利，让自己不愉快，自然就不想接受它。所以开会发言时，要以他人喜欢的方式发言，否则你的话很难被接受。

2. 理解、顺应上司的思路，再来个转弯

如果你不赞同上司的意见，又恰好被要求说自己的想法时，一定要充分理解上司的意见，这样，就能体现出对上司的认可和尊重。然后，你再来个小小的拐弯，说出你的想法。比如："我已经非常清楚部长您所说的了，现在，请您允许我冒昧地说一下我的意见……"

3. 反驳上司或同事，要"对事不对人"

如果想反驳上司或同事，一定要做到"对事不对人"，摆出有说服力的事实和数据，诚恳地阐述自己的想法。

同时，不能将自己的想法与建议直接说出来，最好使用先肯定，后否定，再说出自己看法的"三明治"模式。比如："王主任的方案可行性非常强，但执行这个方案可能需要更长的时间，同时，还需要其他部门的配合……所以，我请求王主任再给我们多一些时间。"

4. 发言时要不卑不亢

态度决定成败。在发言时，既要注意恰当地表达自己的观点，又要注意发言的态度，不必过分谦卑，更不能过于自信或狂傲，特别是与领导意见不同时。

5. 发言时不要抢功

即使公司某个项目的成功有你的付出，甚至你起主导作用，也不要在开会时对自己夸夸其谈，而是要保持低调，尽量说一些"这个项目之所以成功，是由于领导有方，同事们共同努力"，千万不要高调地把功劳成就归于自己。

6. 发言时要留余地，不能说"绝话"

一个人能说，是件好事，如果说话过度，就会让人敬而远之，甚至在工作中结怨。所以，一定要注意说话的方式，不仅语气平和，还要留有余地，不要说绝话、脏话、大话，或给他人贴不良标签。

要知道，"好言一句三冬暖，恶语伤人六月寒""风水轮流转"，没有谁能一直顺风顺水。恶言攻击他人，自然就会有被人恶言攻击的时候。切记切记。

老大会场遇尴尬，上班族可如此空降护驾

王森是一家贸易公司的销售员，小伙子看上去就透着机灵，很会说话。

这天，王森的公司开会，老总开得高兴，为显示自己博学多才，发言时就引用了下面这句诗："风吹柳花满店香，吴姬压酒唤客尝。"并称这诗是白居易的。

王森爱好文学，自然知道这诗是李白的，可他更知道，众目睽睽之下，如果指出老总的错误，老总可就难堪了。

王森的同事小李则是性格直爽的人，恰好也知道这首诗，当场直言不讳地对老总道："吴总，你弄错了！这首诗是李白写的。"

吴总本来正在兴头上，有卖弄的心思，这时候被手下指出错误，脸上当时就挂不住了，怒气冲冲地对她说："小李，你真是才华横溢啊！与你这样的大才女共事，真的是前世修来的福分！"

见吴总生气了，王森连忙站起来打圆场："吴总，都怪我，那天我与你聊天时，你说这首诗是李白的，而我记得是白居易的，还跟你争论了一会儿。都怪我当时记错了，才造成今天的误会，都怪我……"

就这样，在王森的周旋下，一场风波总算平息了下去。

过段时间，公司人事变动，王森的领导升为公司策划总监，而工作经验并不十分丰富的王森却成了销售部副总监。

开会时，你的领导是否遇到过类似吴总的尴尬情形？如果遇到了，你是幸灾乐祸还是心急如焚？是否想过帮领导化解尴尬？如果你倾向于后者，就等于是给自己的职场升迁准备了一把金钥匙。

1. 异中求同法

上司因不同意老板的某个提议，或同事不同意上司的想法，当众说出自己的建议时，可采取"异中求同"的方式来化解僵局。

所谓"异中求同"，就是把大家观点的相同之处罗列出来。如果老板的想法为A、B、C，而上司的意见是A、C、D，其相同之点为A与C，你可以对A与C进行条分缕析，来和缓尴尬的气氛。

异中求同是一个化解尴尬的最有效方式，不仅适用于公司内部会议，也适用于一些洽谈会。比如，当领导与客户发生不快时，作为下属的你，可先列出客户的想法，再聚焦于双方意见的相近之处，据此集中讨论，提出适宜的解决方案。

2. 暂时休会法

如果领导因为某个下属的发言生气了，发脾气了，甚至发生争执了，此时，不论老板、上司，还是下属，都需要冷静。而让彼此冷静的最好方式，是暂时休会5~10分钟，等双方冷静一下，气氛稍稍缓和之后再继续讨论。

3. 转移话题法

如果是陪领导去开洽谈会、谈判会，领导遇到尴尬，作为下属的你，要建议会议主持人避开有争议的话题，选择有趣的议题或争议较小的议题来讨论。也可以说一些轻松的话来化解当前紧张的气氛，打破僵局，等气氛有所和缓后，再继续会议的议程。

4. 多帮领导承担责任

如果领导有不良行为或不良言辞，作为下属的你，要巧妙地帮领导承担责任，甚至把他的错误揽到自己头上。你这样做，也许老板当面不会说什么，但暗地里会感激你，认为你是可造之才。

小贴士

　　会场处处有风险，处处有机会，别人的风险与尴尬就是你升职、加薪的机会。比如，当领导遇到风险，处于尴尬境地时，你一定要及时出手：

❶ 用异中求同法，可帮领导摆脱尴尬。

❷ 发生争执，大家火气都比较大时，最好暂停会议5~10分钟，等大家冷静下来再继续讨论。

❸ 可以用转移话题法，绕开这个有争议的话题，选择有趣的议题或争议性较小的议题来讨论。

开会受批评，是当场申辩还是保持沉默？

　　我曾经在北京一家培训公司工作过一段时间，职位是总经理兼人事部经理。

　　有一段时间，公司准备上一个很大的项目，为做好这个项目，策划部员工加班加点写前期策划方案。可当他们将案子交上来后，我并不满意，于是召集相关人员开会。

　　我点名批评了刘小燕："这次案子写得最让我头大的是刘小燕，作为一个资深策划，写的案子中竟然有很多错别字，而且语句不通，简直是小儿科的错误。连基本的文字功都做不好，又怎么让你的案子打动他人？以后再写这种水平的案子，你不用交给我，直接扔垃圾桶得了。"

　　刘小燕在公司工作五年了，算得上是策划部的资深员工，平时工作很敬业，策划能力也相当棒，公司很多大型培训活动的策划方案都出自她手，而且多有新奇创意。

　　我知道当着策划部全体员工的面子批评她，她会很不高兴。但没想到的是，她对我的批评反应特别强烈，竟然当众申辩道："您这个案子是周五交给我们的，要求我们下周一交稿，时间太紧了！我这几天一直在加班，好不容易将案子写出来，没有功劳也有苦劳。可您却一下子把我否掉，您不觉得太过分了吗？"

　　我知道我给策划部的员工写案子的时间紧，也知道他们在短时间内交给我案子很辛苦，也肯定有不足之处，可听到刘小燕如此申辩，我心里还是十分不爽。

作为上司，我希望我的下属面对我的批评毫无怨言，有则改之，无则加勉，而不是当众申辩。

如果所有员工都像刘小燕一样当众申辩，我这个上司的绝对权威何在？又情以何堪？所以，一个月后，公司进行人事调整时，我将刘小燕调离策划部。

开会时，职场人士避免不了受到批评和表扬，但如何面对领导的批评和表扬，则关系到职场前程。面对表扬，以谦虚的态度对待就可以万事大吉了。而如何面对批评，则不是一件简单的事。

经常参会的上班族们要想正确地面对批评，首先要明白：职场生涯跌宕起伏，受批评是正常的事，要以平常心对待。

其次，要有淡定的心理。开会时，不管老板还是上司批评你，只要是善意的批评，就事论事的批评，都要诚心接受，并且把他们的批评当作提高你能力的垫脚石，千万不能因他们批评，你就对他们忌恨不已。

当然，如何对待领导的批评，还要看领导的个性，因人而宜。

1. 如果领导是权威型的，他们批评你是想小题大做，拿你当反面典型，来显示他的权威，那么，在他们批评你后，就要保持沉默。否则，就是不给他面子，等于给自己的职场铺了一块绊脚石。

2. 如果领导是平易近人、胸怀坦荡的开放型领导，当你认为你受的批评有失公正时，可以当众申辩；你也可以选择会上委屈求全，会后与领导沟通。

3. 如果领导是严厉型领导，他们对下属要求非常严格，即使下属犯一个小错误，他们也会对其严厉地批评。对于这类领导的批评，即使感觉批评不公正、不合理，甚至过于夸大，也不要对上司怀忌恨心理。

4. 面对上司的批评，无非是当众申辩或会后沟通。不管会后沟通，还是当众申辩，都要语气平和，婉转地说出你的想法，不可声嘶力竭地与领导据理力争。要知道，会场永远不是讲理的地方，在会场上，你要明白的第一条原则是：老板永远是正确的。如果老板错了，也请参照第一条。

5. 康奈尔大学的贾斯廷·克鲁格和戴维·邓宁经研究后发现，工作表现在平均水平之下的员工往往意识不到自身的不足，并常常高估自己的能力。他们甚至不理解为什么领导对他们的工作不满意，因此会将他们的批评视为人身攻击。

如果你的领导习惯在开会时批评人，那么，你要在平时努力与他搞好关系，或把工作做得滴水不漏。同时，在开会前，自己想如何发言或是有什么特别的想法，可事先与领导沟通，主动提出让他帮你改进具体工作。这样，就可避免在开会时受到批评。

人在职场混，哪能不犯错，哪能不受批评。受批评不是你的职场末日，受批评时既要接受批评，又要保持淡定，要以平常心对待。至于保持沉默还是申辩，则要见机行事，看老板个性行事。受批评最保险的应对方式是坦承错误或委屈求全。如果感觉所受的批评不公平，也要婉转地说出你的想法，点到为止，切不可据理力争。要知道，会场永远不是有理就能走遍天下的地方，在会场上，老板永远是正确的。

不懂发言时机，你就死定了

晓薇刚刚走出校门，是不折不扣的职场新人。7月份，通过招聘，晓薇以及另外几名应聘者进了一家公司。为了表示欢迎，公司特意开了一次"迎新会"。

"迎新会"会上，主持人先请公司的张总讲话，张总讲完，清了清嗓子，说："新人来说两句吧。我看女士优先，就从晓薇开始吧。"

张总的话音刚落，晓薇就站起来了，说道："好吧，我是新来的，什么都不懂，希望张总、经理以及各位同事多多关照……"说完坐下了。

坐下后，晓薇发现，张总眉头皱了一下，晓薇心里就是一沉，看来自己的发言有问题。那么其他人的发言，老板会有何反应呢？她静静地观察着，发现她之后那位新同事发完言后，老板点了点头，而经理则露出赞许的微笑。看来自己的讲话没什么动人之处，自己是不是发言早了？

过了不久，她所在的部门又开会，这次她变聪明了，她挑了离部门经理远一点儿的位子，而且是倒数第二个发言。本来她想讲很多话，可发言时，她却感觉无话可说，因为她想讲的几点，前面的同事都已经讲过了。她讲完后，经理与同事都没什么反应。

第三次还是自己部门开会，她本来想早一点儿发言，可经理刚说完，同事小马就站起来"先说几句"。小马发完言后，是小赵发言，小赵之后是小孙……轮到晓薇发言时，又不知讲什么好了！

最后做会议总结时，经理依然是表扬其他同事的发言，对晓薇的发言是忽略再忽略。

自己的发言为什么不能让领导另眼相看，不能赢得他们的青睐呢？

职场开会发言，很多人都有晓薇这样的纠结与烦恼：不知自己何时发言。说得太早吧，领导不一定能记住，或者自己想的东西不如别人有创意；说得太晚吧，自己想说的都被别人说完了；选在中间发言吧，领导听累了，听烦了，也难以记住自己说的。可见，职场开会，发言的时机与顺序很重要。

开会是早发言还是晚发言？说得早最主动，说得晚最保险，到底何时说，则要见机行事。一般公司开会，发言顺序基本上有固定的模式，基本是公司里几个重要的部门领导和员工先逐一发言，属于后勤之类的和不重要部门的领导、员工则依次后排。

1. 核心成员习惯率先表态

在某决议形成前，公司的核心成员习惯率先表态，而他们的意见往往会决定整个会议的走势。

2. 资深员工屈居第二

在核心成员表态后，接下来发言的多是资深员工。他们会针对先前发言者提出的意见做进一步阐释，或是赞同，或是委婉地提出不同看法，但不会反对核心成员提出的决议。

3. 接下来发言的是职场新人

由于之前领导和资深员工都表达了自己的想法，此时新人的发言多是跟风了，很难再提出有新意、与众不同的见解，从而容易给领导和同事留下敷衍了事或态度不端正的印象。

4. 最后发言的多是老大

一般来说，在一些会议结束前，多是公司的领导、大老板对整个会议进行总结，并宣布最后的决定。

发言的时机问题其实就是一个"潜规则"——没有明文规定谁先发言谁后发言，可很多会议的流程却如此安排。

开会时，无论职场新人还是资深员工，想在领导面前很好地表现自己，一定要先了解发言的这一时机"潜规则"，然后设法把握好发言时机。

1. 何时发言可量"身"而行

开会的时候，要搞清楚自己在企业的位置——自己在团队里究竟占了多大的权重，自己的意见到底有多大的影响力。如果你是职场菜鸟的话，尽量选择中靠后发言，这样就能避免与前面发言出现雷同的东西；同时，又能表达自己独特的想法，从而让自己的发言与众不同。

2. 主动寻找发言时机

职场新人如果碰到自己不懂或不确定时，就要把嘴闭得紧紧的，不要发言。但是当自己有好的想法时，最好主动要求先说，决不错过良机！这有可能会让领导另眼相看。

想发言，先用肢体语言告诉别人，你要发言，如举手，或使眼色给主持人。但是，如果其他人霸占了所有的发言机会，你就见机行事，等发言人调整呼吸时，迅速接上话头。

3. 何时发言也要见机行事

如果是一般枯燥无聊、不容易出彩的会议，最好是不等领导点名，便主动要求先说，免得轮到自己时，无话可说。

如果你对自己的发言相当有把握，甚至感觉比其他人的发言都精彩，那么在开会时可想方设法让其他人先说，因为越到后面越精彩的发言，越能给领导留下深刻的印象。

第五章
管理者高效开会的七大黄金法则

开会是公司的日常工作，但如果不能掌握一些法则与技巧，会议既没有效率，浪费了大量的时间、人力和物力，又会让员工怨声载道。所以，这会不能"瞎"开、"乱"开，而是要有技巧地开。比如，要选择正确的时间开会，在会前做足准备功课，控制好会议进程，创新开会形式，提高开会人员的热情与积极性，才能开出高效会议。

小心三大症结降低你的会议效率

Simon（西蒙）是一家台资企业的总经理，前不久，公司接了一个数百万元的订单。要按时完成订单，就需要各部门协调好，为此，Simon决定周五召集各部门经理开个协调会，好好商量一下，如何把这个订单搞定。这个会议的议题是如何提高产品质量，并在交货期内按时交货。

开会了，Simon让各部门经理先发言。

销售部的经理首先站起来发言："各位好，我这人说话比较直，就不绕弯子了。我认为公司接这么大的单子，生产部必须让车间的工人加班，来保证按时交货……"

生产部经理眉头一皱，道："我认为，3个月的时间，即使让车间的工人天天加班，时间上也特别紧张。销售部在与对方签合同时，为什么没考虑延长交货时间呢……"

就这样，销售部和生产部各持己见，言辞越来越激烈，最后吵了起来，吵得Simon头都大了。可Simon一时间也想不出好对策，只好打断他们："别吵了，这是吵架能解决的问题吗？你们回去再想想对策，我们下周五再开会讨论！"

过了一周，Simon又召集各部门经理开会，可销售部和生产部依然吵得不可开交，这次又是不欢而散，无果而终。

后来，Simon一个朋友给他支着儿："作为公司管理者，开会前一定要事先想好解决方案，这是管理者必须要做的课外作业，否则，下属发生争执你就会束手无策！"

Simon听从了朋友的建议，下次开会时就提出了一个可行性建议，销售部经理和生产部经理对望了一眼，都表示就按总经理说的做，于是，一个所谓的难题就这样解决了。

开会是一种沟通，是上司了解下属工作进度或协商、解决难题的方式，但开会是一门技术活儿，技术差的话，大多是无果而终，显然就是低效会议了。

公司会议为什么低效呢？最近一项调查显示，老板的"开会艺术"直接决定了会议的受欢迎程度以及会议效率。

很多管理者在开会这件事上其实存在"技术性"问题。

1. 身不由己

身为管理者，你每周的日程表上有多少次会议？你是否经常被临时拖入"紧急会议"中？

对于很多管理者来说，每天要开的会太多，甚至经常开一些没有必要的会议，明显是在浪费时间。更严重的是，他们经常抱怨每天开没必要的会，转身又对下面的员工开这样的会议。

唯一的解决方法是：如果你认为这个会没必要，就不要去或不要召集。

2. 会议召集者"课外作业"准备不足

没有明确的议题和目标，没有明确的会议进程，甚至没有明确的与会人员名单，更没有通知到位，会议发言者或主持人在开会过程中就会经常跑题……

你看上面的例子里，Simon就是召开了两次愚蠢的会议。首先，他自己没有一个明确的解决方案，心里没底儿，也许他还幻想着在会上能有人帮他出主意；其次，在第一次讨论无果的情况下，Simon又犯了一次错误，接着开了一次毫无效果的会议。

解决的办法很简单，就是会前精心准备，想明白要开一个什么样的会。如果你没法控制会议流程，那么就选一个优秀的主持人来替你主持。

3. 会议太长

很多老板都喜欢开长会，滔滔不绝，也不管下面的人爱听不爱听。有个中层管理人员曾经这样跟我吐槽："我参加的会议，多数都是老板在台上侃侃而谈，一谈就是一个多小时，毫无重点。台下的人是强打精神，又不敢不参加，这样的会啊，简直就是在浪费时间。"

开会是一把双刃剑，开得好，可以事半功倍，让员工热情高涨；开得不好，就是事倍功半，让员工士气低落。

身为管理者，你在召集会议时，明白有哪些"技术"问题需要注意吗？又知道如何有的放矢地纠正吗？

如果有的话，一定要对症下药，同时，要把握好会议的基本流程。

1. 会前准备：工作一定要做足，不打无准备之仗。

2. 会中控制：开会时，公司主要负责人或会议的主持人一定要控制好会议的流程与时间等。

3. 会后跟进：会议开完了，形成决议，并不等于会议就结束了，可以高枕无忧了。事实上，会议形成的决议还要落实，这样，才能让会议的效果显现出来。

一个成功会议的基本流程包括会前准备、会中控制、会后执行与追踪。要想会议开得成功与高效，会议召集者或主持人就要在会前做好准备工作，开会时严格遵守议程，会后要随时追踪与查看执行情况。如发现问题，及时调整，确保各项会议决议都能如期落实完成，使会议开出高效率。

七大黄金法则，让你的会议更高效

孙先生是一家会展公司的老总。前几天，孙先生开了一次关于如何着装的会议，参加者都是各部门经理。

一个关于着装的会议，孙先生仅从着装的意义到着装的具体规定就在会上讲了近一个小时，要求各部门经理回去后召集员工开会。这中间，孙先生还穿插着讲了一些公司最近的情况，批评了两个部门最近效率低下、状态萎靡，把大家说得灰头土脸的。

接下来，各部门又分别召开了会议，传达精神。因为被老板点名批评，那两个部门的开会重点直接就变成了如何提高效率的会，最后只用了十几分钟说了一下着装的事情。

于是，一个着装规定要用去近两小时的时间开会，而且最后关于着装的决定也没有传达好，将来必然会因为这次会议的失败出现相应的不良结果。

可以说，这就是一个失败的会议的范例。当然，主要问题是出在孙先生身上，如果他懂得开会的七条黄金法则，会议就不会开成那样了。

黄金法则一：只开必要的会议

高效率会议的第一步，就是在开会前想清楚有没有必要开会。

如果有其他方式，比如当面沟通或电话沟通、网络沟通能解决问题，那就不去召开那些可有可无的会议。

就像孙先生开的这次会，在会上大费口舌地讲了一个小时，其实还不如让负责制定着装规则的部门编写一个文件，下发给每个员工，最多半个小时就可以看完。

黄金法则二：阳光心态+正能量会议

开会是一个直接表现管理能力的平台，用通俗的话来说，是骡子是马，都拉出来遛遛。因此，开会时，管理者最好是以积极、阳光的心态在会场亮相，面带微笑，神情开朗。

即使工作中遇到了问题，需要沟通协调，也不要急三火四地发作，阴着脸去开会。这样才能在开会时给下属正能量，下属会认为你是一个有能力的领导，遇到这么大的困难还能如此淡定从容，信心大增。

要记住，没有人愿意在一个整天阴沉着脸、随时会劈头盖脸批评人的老板手下工作。

黄金法则三：多花一些时间做准备工作

俗话说，磨刀不误砍柴工。如果你必须开会，会前一定要做好下面这些基本的准备工作：

• 会议的主题是什么？目的是什么？有什么问题需要讨论解决？最好将这些编写成会议资料，提前下发相关人员。

• 要请哪些人员参加会议？对于参加会议的人，这些会议是不是浪费时间？

• 开会时，自己要提出哪些看法？有反对意见怎么应对？

• 开会时，需准备哪些统计数字和表格？

只有做好以上准备工作，开会时，才能做到发言围绕主题，讨论时有的放矢，而不是漫无目的。

黄金法则四：严格遵守会议流程

开会并不需要多少创新，但一定要有明确的会议流程。这个会议流程最好在开会前就发给与会者，这样，就可以让与会者清楚会议的议题、目的以及注意事项，使他们有充分的时间准备相关资料，使开出的会议开得更为高效。

黄金法则五：对会议进行管理

要想开出高效的会议，就要对会议进行管理并制度化，如会议数量、参会人数、发言时间、发言顺序，都要有详细的规则，并随时调整。如果发现会议效率不高，就要简化会议程序，尽量少安排人发言；或减少发言时间，比如将每人的发言时间从15分钟减少到8分钟。

黄金法则六：指定专人做会议记录

三星公司开会时，十分重视会议记录，并在会后下发相关人员，这样有利于会后执行。

这名记录人文笔要好，做事要细致，有耐心，不一定要面面俱到，但必须将会议的重点记录下来，如会议的各项决议、具体执行人员及完成的期限、有哪些协助部门，这些一定要记录清楚。

会后，记录人要将会议记录进行整理、润色，以确保发给每位与会者的是一份言简意赅、一目了然的会议记录。

黄金法则七：要认真落实会议决议并严格执行

会议开得是否高效，还要看会后的执行情况。否则，会开了一大堆，话说了一箩筐，会后没人认真按照会议决议去做，会就白开了。

要想保证决议执行高效，就要建立事后追踪程序。会议的每项决议都要有人跟踪，如有意外，可及时调整，确保各项会议决议都能落实。

"控会力"+各种规矩，可避免员工开小差

我有一个朋友，去年开了一家机电公司，当了老板。我这朋友人不错，也很勤奋，不过万事开头难，当了老板，让他觉得最麻烦的就是给员工开会，每次开会都开不出个一二三四。

有一次开会没开好，有人建议他要在会前做好准备工作。他依计而行，做了很多准备，发言稿都没让秘书代笔，自己花了一天时间来亲自写。

接下来开会，我这朋友却发现很多员工还是在台下交头接耳，不好好听他讲话。

这次，有人建议他控制开会时间，多开短会。他也觉得对，以后开会就减少了自己发言的时间，可情形依然没有多少改观。

我这朋友很受伤。

我给朋友提了两个建议："首先，上面的两条都是对的，要坚持。其次，你欠缺的，一是会场控制能力，二是开会的规矩。对症下药，首先你要塑造一个强大的气场；其次要立规矩，约束员工在会场的不良行为。"

朋友听从了我的建议，一方面设法提高自己控制会场的能力，另一方面确立开会的相关规矩。时间一长，无论是开周例会、月例会、季度例会还是年终总结会，原来那种老板在主席台上激情四射、慷慨陈词，下面员工开小会、玩手机的现象，一去不复返了。

一提开会，很多老板都很纠结：为什么开会时员工没多大热情，总是应付，自己在台上讲，员工就在下面开小会？

如果老板在台上讲，台下只有40%左右的人在认真听会，那么显而易见，这个会议的效率不是一般低，而是太低了。

究其原因，就是老板在开会时气场不够强大，或开会方式存在问题。

要想开一个高效的会议，下面几条会是很好的解决办法：

1. 老板的火眼金睛

老板发言，可以同时注意台下听会者，如果发现有人开小差，可用力咳嗽几声，或暂停发言，以此提醒开小差的人。还有一个办法，就是暂时休会，让其他与会者看看究竟是谁在开小差。当大家都看着开小差的人，这个人就能意识到自己的错误。

2. 开会需要良好的氛围

开会要设法营造一个良好、热烈的氛围，鼓励员工发言。也可以讲个笑话活跃一下气氛，或者唱首歌激发士气。

3. 给开会定规矩

没有规矩，不成方圆。开会时员工开小差，与会议管理不严格有关。

开会必须要有一些纪律约束，如开会时不许睡觉，不许修指甲，不许互相挤眉弄眼，不许吃话梅、瓜子等零食，不许开手机，禁止随意离场等。

对于屡教不改者，要进行经济处罚。如睡觉者一次罚200元，修指甲者一次罚100元。反之，对于守规矩者，要有所奖励。

4. 管理者发言也要"煽情"

会场发言不比谈情说爱，不是月下倾诉衷肠，所以发言时既要有条理，又要铿锵有力，不能软绵绵的，否则难以体现管理者的权威与领导力。

要赢得满堂彩，管理者就要学习一些电视节目主持人的讲话风格，用饱满的、充满活力的、煽情的、宽厚的、抑扬顿挫的声音，来表达自己的想法与提案。这样，既可以快速地将你的想法传递给他人，也可以体现出你独特的人格魅力，塑造你作为管理者的强大气场，从而吸引与会者的注意力，让他们洗耳恭听。

限时开会，防会议"拖堂"最给力

张小姐是一名海归，回国后在上海一家贸易公司任总经理。正式就职前，她以一名普通员工的身份，在一个部门潜伏了一个月的时间。她发现最大的问题是公司的很多员工反感开会，一提开会，员工们都是眉头紧皱。

为此，她以匿名的方式给员工们发了一封电子邮件，做了一项调查：你不喜欢什么样的会议形式？喜欢什么样的会议形式？

邮件发出后，很多员工给她做了回复。她将这些回复邮件梳理了一下，发现有些员工不喜欢领导会开得太长，有的员工不喜欢老总在周末休息时开会。还有的员工最讨厌临下班开会，这名员工恨恨地写道："前几天晚上快8点了，我刚到地铁站，想坐地铁回家，结果一个同事打来电话：'老板说8:30开会，你还是别忙着走了……'我不得不跑回来开会，而且这会一开就开到晚上10点。我们是人，不是机器！我严重抗议！"

张小姐是一个冰雪聪明的人，看完员工的回复，她就明白了，员工之所以对会议产生抵触情绪，是因为公司开会的时间有问题，而要让员工都不讨厌开会，就要对症下药，在正确的时间开会，又要限时开会，开短会。

之后，张小姐把公司的例会时间定于每周五下午，开会发言时，更是讲究技巧，只挑重要的说，日常需要提醒的内容点到为止。这样无形中大大地缩短了会议时间，从而将会议控制在40分钟以内。

如此实行一段时间，张小姐就很少听到有员工因为开会的事抱怨不已了。

身在职场，作为普通员工，都避免不了要参加会议；作为管理者，更避免不了要劳神费力地召集会议。

可管理者如何开好会，以什么样的形式开会，这其中讲究很多，尤其是会议时机的选择非常重要。

1. 开会要考虑哪天适合开会，哪天不适合开会。现在，有些企业设立了无会议日、无会议周，如果员工抱怨公司会议多，不妨借鉴一下这些公司的方法。

2. 一天中，选择最佳的时间开会，避开人们疲惫的时间段。

• 上午8—9点，这时员工从家到公司，正准备开始一天的工作。这个时间段员工心绪不稳定，大脑还需一段时间才能进入工作状态，不适合召集会议。

• 上午9—10点，此时员工已经开始进入工作状态，是开会的最佳时机。

• 上午10—12点，这个时间段最适合集思广益。管理者可在这段时间进行头脑风暴，让员工碰撞出新点子、新创意。

• 下午1—3点，最好不要安排会议。这个时间是疲惫期，员工无法集中精力做事，特别是天热时，管理者千万不要选择这个时间段开会。

• 下午3—5点，这个时间段员工们归心似箭，心浮气躁。如果非要召集会议，最好是开短会，不要开长会。

小贴士

　　企业管理者要通过开会完成一些管理职能，职场上班族通过开会汇报工作进度，学习企业文化。要想开好会，都需要学习、掌握一些开会的技巧。

　　❶ 对会议进行正确的管理，如要考虑时间问题，什么时候开会比较恰当，改变在休息时间开会的做法。

　　❷ 不要开长会，开会要控制时间，领导发言要长话短说。

　　❸ 选择一天中最佳的时间开会，避开人们的生理与心理疲惫期，也是让会议更高效的妙方。

开会与力的合成：分力、合力、协调力

北京一家旅游公司来了一个新总经理，上任的第一件事就是给各部门经理开会。

原任总经理开会时，主持人是小李。由于小李在原总经理离任后也辞职了，主持人只好由公司推广部的美女小赵担任。小赵主持会议纯粹是大姑娘上轿——头一回。由于没经验，小赵还没上台呢就心跳加速，精神高度紧张，站在讲台上一看台下黑压压的一片，更是几近崩溃，还没有开口说话，小脸就先红了，等她开口介绍新来的总经理时，声音小得就像苍蝇嗡嗡叫，这让总经理非常不爽。

总经理是广州人，发言时虽然操一口普通话，可台下的员工根本听不懂广州的"官语"，听不清在说什么。

听不清，很多人干脆不听，在台下做一些私人的事情，神游天下，低头涂涂画画……等到会议快结束，总经理点名让员工站起来，问开会时他说了什么，没有一个员工能对答如流。

自己在台上讲，员工不好好听……总经理感觉非常没面子。关键是以后的会开还是不开？开吧，他们不听；不开吧，好多问题等着沟通呢！

总经理感觉牙疼、嗓子疼。

每一个管理者在开会时都不想无果而终，都想开一个高效的会议，而决定会议是否有效率的一个关键词就是团队凝聚力。凝聚力差，是开不出高效会议的。

在开会时，如果要想提高会场凝聚力，首先要打造一支有凝聚力的团队：一个有超强气场的管理者或会议召集人、主持人、会议记录人、会议观察员、时间控制人等。

1. 会议管理团队成员一定要通过积极的言行、优雅的举止感染他人，并对他人产生吸引力，或能设法将会议开得热情而紧张，以此来深深吸引与会者。这其中的吸引力，就是形成大会场强大气场的凝聚力、合力。

2. 一个有凝聚力的会议管理团队，一定要在会议前要做好各种准备工作，在会议中要进行记录，并善于去判断，分析、总结，控制会议的节奏，这对会议组织者管理能力等各方面的考验是非常大的。

3. 对于一个有凝聚力的会议管理团队而言，最重要的事情不是开会，而是如何应对会议中的各种不利局面，如开会时有人出难题、会场发言者各自观点不同。超强的会议管理团队需要轻松挑战会场形形色色的不同观点，并设法将它们进行统一，达成一致。这个一致的前提是公司的利益高于一切。

4. 很多公司开会时，与会者、会议管理团队成员之间常因观点不一吵成一锅粥。有凝聚力的会议管理团队在开会也会因观点不同而争吵，但他们争吵时是就事论事。吵完后，他们都能很大度地宽容他人，或很淡定地接着讨论下一个议题。

5. 要想开出高效会议，会议管理者团队要巧用加减法效应。如在会前巧用加法法则，做好准备工作，并尽可能将议题细化，讨论什么议题、达成什么结果、实施方案、完成时间等都要有明确的设定，并在会前几天公布已经细化的议题。开会时，则要巧用减法法则，要把议题清晰地引向你设计的方案，从而减少会场的分力，增加会场的凝聚力。

　　管理就是开会，开会是很多企业或公司管理者的一项重要工作。但开会不一定就是管理。只有你设法打造一支凝聚力强的团队，如有协调力超棒的会议主持人、认真负责的会议记录者等，并尽量减少会场的分力，你的会议才更有合力与凝聚力，你才能充分利用开会实现有效的管理。

第六章
正能量会议：打造一支高效团队

　　每一位管理者在开会时都不想无功而返，决定会议是否有效率的一个关键词就是团队凝聚力。一个会议团队是否有凝聚力，取决于管理者的气场与人格魅力，以及开会技巧。如果管理者开会时能面带微笑，正向激励员工，鼓励员工积极发言，能给员工正能量，那么，就等于向成功的会议迈出了重要的一步。如果再注重技巧，必定能打造一支高效的会议团队。

正向激励，让你远离负能量会议

北京有一家类似国美电器的连锁公司，计划在城郊设一家分店，这就要派一批老员工去分店做管理工作。可员工的家大多在城里，很多员工不愿去分店。

怎么办呢？

公司总经理让人事部开动员会。

周二，人事部如期召开动员大会，在大会上，人事部经理如此动员员工："平时公司对我们不错，所谓养兵千日，用兵一时，在公司最需要我们的时候，我们一定要用实际行动回报公司，希望大家踊跃报名！"

可动员会开过，依然没有人去人事部报名，为此人事部经理非常恼火。

总经理知道这事后，亲自召集员工开会，动员道："分公司刚成立，需要的是优秀的员工、一流的人才，大家是否去那里，要根据自己的能力好好考虑。如果你感觉自己经验不足、能力一般，就别凑这个热闹了；如果感觉自己能胜任，不妨尝试一下，去锻炼锻炼！相信你在那里能得到很大程度的提升。"

总经理的动员会刚开完，员工就纷纷自愿报名，表示要去分公司上班。

同样的动员大会，效果却全然不同，为什么会出现这种情况呢？这是因为总经理说服人的方式与人事经理不一样。总经理在动员时，专挑员工喜欢听的，挑能给员工正能量的话，如"公司刚成立，需要的是优秀的员工、一流的人才"，虽然这有拍马屁的嫌疑，却是在正面激励员工，员工一开心，就很容易顺着总经理的意思去做事。

很多企业开会本来是想向员工传递积极信息，可是这会开着开着就变了味儿，最后上上下下都不开心。

1. 负能量会议之一：批评会

在会场这个封闭、微妙的空间里，最具影响力的不是那些鼓舞人心、积极向上的正能量，而是那些让人失落、倦怠的负能量，批评和抱怨最易让人产生失落、倦怠的心理。

2. 负能量会议之二：奖励会

很多老板开会时，喜欢对业绩较好的员工进行口头或物质奖励，如"销售部的同事在这次活动中表现突出，公司准备给予奖励"。这些奖励会传递积极的、喜悦的正能量给那些表现好的员工，可对于表现较差的员工，则会引起失落、消极、嫉妒等。所以开奖励会也一定要慎重，不是所有的奖励会都能起到正面的效果。

3. 负能量会议之三："不对等会"

这种会议的致命伤，是与会者处于不对等的地位。下面这个例子就能很好地说明问题。

有一家化妆品公司，各部门平时都是各忙各的，某天，销售部的小张突然遇到了一位难缠的客户，情急之下，销售部经理召集部门全体员工开会，要其他员工献计献策，帮小张搞定客户。但小张究竟在哪个环节遇到了麻烦，问题的症结是什么，直到开会，这些人仍然一无所知。

开会了，小张不得不先说明事情的来龙去脉，之后，大家各抒己见，但都是隔靴搔痒。最后，部门会议就成了经理与小张的"讨论会"，大家变成了陪客，情绪变得焦躁不安。

召开会议的目的，是统一思想、沟通交流和解决问题，但如果交流者处于信息不对等的平台上，就会因为要相互了解而大大延长会议时间，导致会议效率低下，增加与会者被冷落、被漠视的负能量。

4. 负能量会议之四："一锅烩"

很多公司开会时总是重点不突出，一会儿换一个话题。本来要讨论的是公司员工迟到的问题，还没说出个所以然，又把话题转移到如何提高工作效率上，过了一会儿，又转到本年度的任务完成情况上。这样三番五次地换话题，会议时间自然就延长了。

延长会议时间，会让很多员工产生不适与抱怨心理，而抱怨是最易传播、辐射又快又广、最具杀伤力的负能量之一。

到底什么是正能量的会议？所谓正能量会议，就是让员工向上、给员工希望，促使员工不断追求进步的会议，如激励会、备好议题与议程的会、让员工有成就感的会议等。所以，管理者要多开以下正能量的会议：

1. 多开激励会

早会上对员工进行激励，这一天他都会很开心，很快乐，很阳光。

激励比批评更给力，尽量少批评或者不批评。

激励员工最好不要用金钱或实物，而是用赞扬的态度去鼓励员工，激励他们更好地工作。

2. 多开备好议题与议程的会

一个会议先讨论什么、后讨论什么，一定要在会前设计好，而且要把重点的议题放在前面讨论。这样，开会时才能做到有条不紊，避免"一锅烩"，员工也就不会焦躁不安了。

3. 多给员工表现的机会

开会是需要创意的，领导简单地发号施令，在台上讲个不停，不如鼓励员工多发言，给他们表现的机会，让他们有成就感。这样，既可以让原本枯燥无聊的会议变得轻松活泼，也会给员工传递正能量，让员工有个好心情。

4. 多开"专题会"

多开"专题会"，最好让专业人士参会。非相关人士在不明情况下发言，其意见的参考价值是很值得怀疑的。让那些与议题无关的人参加会议既是一种浪费，也容易把会议搅得一团糟。

"一把手"末位发言术，给会议更多正能量

　　我的朋友老李在前几年开了一家装饰品公司，由于他擅长经营、处心积虑，公司规模不断扩大，但同时，他在工作中遇到的问题也越来越多。这天，他给我打电话，说刚开了一次特没意思的会。

　　"怎么特没意思呢？"

　　"唉，这不，今天公司开月度销售例会，一开始，我就让分公司的经理们分别汇报自己公司的业绩。"

　　老李这人有个缺点，就是脾气急，尤其是事情不顺的时候，心头那火儿根本就压不住。

　　"嗯，对于他们汇报的业绩，你满意吗？"

　　"我不是不满意，是相当不满意，严重不满意！"

　　"那你发脾气了？"

　　"那倒没有，不过我脸色肯定不好看。你也知道，我这人有什么不高兴的事总写在脸上。我也没耐心等他们发言结束，直接告诉他们以后应该如何做！"

　　"结果呢？"

　　"结果那帮家伙低着头，都不说话，一副无精打采的样子……只有我一个人在台上喋喋不休！慢慢地我也感觉很沮丧，无话可说了……"

　　老李这次竟然没有发火，让我觉得很意外，看来老李最近改了不少啊。不过在我看来，还是不够。

"再开会时，你一定要等经理们发完言，你再指点江山，做总结性发言！"

管理主要通过开会的方式，但开会不一定就是管理。很多管理者在开会时，总是在不经意间传递负能量给员工，甚至打击下属或员工的自信心。老李就是如此。

老李对各区域经理的业绩不满，直接摆脸色，这等于向他们传递了负能量——你们能力太差。那些区域经理不知说什么好，就只好在会场上低头不语。

很多管理者都会犯这种错误，一个人在台上喋喋不休，一点儿不给员工表现的机会。

不给员工表现的机会，那你只有唱独角戏了，可结果呢？只剩下你一个人唱，爱怎么唱就怎么唱，员工呢，则静静地看着你，不敢也不想出声。所以，作为管理者如果不懂开会，就不要乱开瞎开，由着性子开，得好好学习开会发言术。

1. 鼓励员工或下属先发言

海尔开会，张瑞敏习惯最后发言，他这是有意识地把自己的观点放在后面来说。

为什么这么做？当然是怕影响别人发言。

开会时，管理者要先听别人的想法，鼓励下属发言。

开会的目的是统一思想、凝聚力量、激励人心，而让下属畅所欲言，是达到这个目的的捷径。

2. "一把手"最好末位发言

一些事业单位开会，谁先发言，谁后发言，通常是论资排辈的：先是行政"一把手"或重要副职打头阵，其他副职依次发言，然后轮到其他成员发言。

企业与公司开会时，最好倒过来：级别最高的管理者要最后一个发言，并形成制度化。这样既可以对会议进行总结，又能听到于会议有意义的建议与想法。否则，听到的只能是奉承话和假话。

如果管理者需要先发言，不要做总结性发言，除非会前各部门已经充分研讨过，否则定了基调，易让下属产生盲从心理，人云亦云，没有新意。

小贴士

很多公司或企业开会时，级别最高的管理者总是先发言，其实，如果他最后发言，可能会有意外的惊喜在等待着他。

❶ 作为企业或公司级别最高的管理者，一定要耐住性子，等员工、下属或各部门代言人发言后，再发表意见，或做总结性发言。

❷ 如果需要先发言，一上来时，不要做总结性发言，不要给会议定基调。否则，就会让与会者发言时盲目跟风，不敢发表真实的意见与想法。

老板超凡魅力+强大气场=高效会议

Wendy（温迪）是一家化妆品公司的秘书，这份工作是Wendy大学毕业后的第二份工作了。

她的第一份工作也是在一家化妆品公司做秘书，试用期三个月。但她上班仅一个月后，就毫不犹豫地炒了老板的鱿鱼。

第一次开会，是在她上班的第四天，她被老板骂了个狗血喷头。起因是她给老板写的演讲稿中有"错别字"，老板按演讲稿照读不误，将"别墅"读成"别野"，结果台下员工有哄堂大笑者，有掩面而笑者。

老板气急败坏，开口大骂："笑什么笑，老子读错了，这怪老子吗？发言稿就是这样子的！哪个写的这么烂的演讲稿？脑子装糨糊了吗？"

老板在台上骂，Wendy在台下低头不语，恨不得找一个地缝钻进去。但她认为自己写的演讲稿不像老板说得那么稀巴烂，而是老板水平太差，以至于"别墅"与"别野"都搞不清楚。

老板在台上骂了有几分钟，大约觉得自己将心中的不良情绪都发泄出来了，就开始喝水，继续开会。

月末，公司又开会，Wendy负责会议记录。那天，会议已经开了10分钟，老板推门而入，与会者不约而同地抬头看着他。

老板走向自己的座位，扫了一眼与会者，发现大家都在看他，就破口大骂道："看什么看？我是林志玲还是长了两个脑袋？不好好开会，都看我做什么？"

与会者都识趣地低下头。老板走到自己的座位坐下，问主持会议的销售部经理："你讲到哪儿了？"

"刘总，我讲到如何调整区域划分了。"

老板看了一眼销售部经理，慢条斯理地说："你先停下，我讲几句！"

"嗯，好的，您请讲！"

"你们都给老子听好了，我丑话说在前头，今年董事会给销售部的销售任务是2个亿，你们每人500万元的销售任务。开董事会时老子可是跟那些老家伙立了军令状的，完不成任务我就卷起铺盖走人……到时我走人，你们也得滚蛋！现在呢，如果不想做的，就早点儿滚，想做的就好好做！"

按理说，公司老板开会应该顾及自己在员工心目中的形象，这样才能在员工心中树立权威感，可Wendy的老板一点儿也不注意自己的形象，大爆粗口，这让Wendy很反感。

Wendy很快就递交了辞职信。

Wendy在现在这家化妆品公司虽然才上了半个月的班，可对老板印象极佳。Wendy对老板的好印象也是源于开会。来这家化妆品公司上班的第五天，公司开会，老板有事来晚了，一到会场，就微笑着向参会人员道歉："各位，不好意思，我今天开会迟到了，浪费了大家的时间，非常抱歉！"

同样是老板，同样是开会，面对会场上的参会人员，沟通方式截然不同：第一任老板迟到了还骂人，现任老板开会迟到了微笑着道歉。

表面看是开会方式不同，实际是人格魅力有高低之分。

魅力是一种作用很强的非语言的交流方式，如肢体语言中的微笑，它具有一种无言的超凡魅力。如果你想让会议能吸引与会者的眼球，就自始至终保持微笑，由微笑营造的这种气场不张扬，会给与会者传递一种诚恳、平易近人的正能量。

对于任何管理者来说，微笑都是一种非凡的魅力，但在会场上，仅仅如此是远远不够的，一个高效会议的管理者还需要不断塑造神奇的领导魅力，打造强大的气场。

1. 仪态中的魅力与气场

美国心灵励志大师皮克·菲尔认为，强大的气场是一个人的吸引力之所在，是他身上无与伦比的光环。而你的仪态决定你的气场。

当你走进会议室，你的员工就会观察你，他们会十分认真地观察你走路的姿势、脸部的微表情以及你的穿着，而且会通过这些微信息、微表情来解读你。

作为会场上的重量级人物，你要保持一种能展现你卓越形象的得体仪态，如昂首阔步地走入会场，气定神闲地坐在主席位上。

可以说，塑造得体的仪态，关键是你希望自己以什么样的形象出现在会场上，或高贵，或老练，或严肃，要看你的喜好，但平易近人的态度更利于打造管理者的强大气场。

2. 积极体态语言的魅力

一个特定的信息可以由多种非语言的行为来传递。表达积极信号的行为，会给会议正能量，引导会议向着积极的方向发展；反之，表达消极信号的行为，则会给会议负能量，引导会议向消极的方向发展。

开会时，无论发生了什么，甚至会上吵成一锅粥，老板们也不要紧张得坐立不安，不停地摆弄手指头，这会给员工传递一种你胆怯、不安、害怕的信号，让你的气场不断减弱，甚至会让会场出现分力。

你要带着一种自信的神情，以一种放松的姿势坐在主席台上，表现得很自信，很放松，这意味着"我能掌控这里"。

3. 眼神的魅力与气场

眼睛也是决定气场强弱的重要因素。管理者坐在主席位子上，如果双眼没有神采、疲惫不堪，气场就会直线下降。反之，双眼有神、清澈，就会让他的气场变强。所以，在会场上，如果一个人能自如掌控眼神，他一定是最有魅力的老板，一定是气场最为强大的老板。

眼神是与他人建立特殊联系的最重要的桥梁。当有员工发言时，你一直看着他，表明你看重他，对话题有兴趣。当你直视会场的员工，会给他们传递出自信的信号。没有员工不喜欢有自信的领导，所以，在开会时，让气场变强的捷径，就是用炯炯有神的眼睛注视发言者和全体与会者。

新任主管，你知道如何开会吗？

上个月，我去深圳一家文化传媒公司谈一个项目的合作，与我交谈沟通的是这家公司项目开发部的新主管韩宁。我们到达时，韩宁刚给员工开完会，一脸疲惫的样子。

之后，我去了一次洗手间。回来的路上，这家公司的两个员工走在我前面，两人边走边聊天，听对话，恰好是韩宁部门的。

"刚才韩宁开会时，可真搞笑！"

"是啊，本来是开会讨论我们部门的网站是否需要升级，可他们你一言我一语，最后她却不知该怎么办了。"

"谁让她找那么多人来开会呢。这种会也找我们去开，纯粹浪费时间嘛！"

"可不是嘛，不过就是网站是否需要升级，就把那么多人找过去。你说大热天的，会议室的空调坏了，屁股下像着了火，大家怎么安心开会……哎，都说新官上任三把火，韩宁这把火烧得可够热的。"

"看来韩宁能力还是不行啊，再这么下去，我得考虑换个工作了。"

作为新任主管，上任伊始也许还沉浸于升职带来的喜悦中，但随之而来的烦恼也会让第一次做主管的人有些束手无策，开会时漏洞百出，甚至让员工小瞧、让老板不满意。

1. 组织会议时，总是想"大小"事兼顾，结果大事没处理好，小事也有疏漏。

聪明的做法，是集中精力处理一些重要的事情，把握大环节，对于那些具体而琐碎的工作，要学会授权给助手，明确分工，各司其职。

2. 如果需要新任主管来召集大型会议，那么有些重要细节必须亲力亲为，或者做好检查工作。比如，在寄发会议通知前亲自去会场，看一下会场是否嘈杂，会议室的设施如何。光线是否不足或太强？会议室的温度是否适宜？空调与麦克风是否完好？

3. 会议通知要提早寄发，最好是在会议召开前两天，发电子邮件确认他们是否可以出席。如果对方没有收到通知，就要给对方补发。

4. 扬长避短。如果缺少开会经验，就多召集例会，少开临时会议或紧急会议。如果有丰富的开会经验，控场能力、协调能力较强，才可以召开紧急会议，否则一定会露怯。

5. 参会时注意着装整洁，同时，要携带好会议相关资料，给老板和同事留下好印象。

6. 参会时注意发言顺序，要尊重级别较高的管理者及主持人，遵守会议程序，按会议的顺序发言。应该发言时，要言简意赅，注意用词。

7. 巧妙处理不同建议与分歧。

开会时，如果有人反对你的观点，要以平和的态度说明，不能与他人发生争执。其他人因观点不同发生争执，你最好能保持沉默。

小贴士

　　新主管上任后，既要召集下属开会，又要参加公司或企业中层管理人员的会议。要想开出高效会议，就要掌握以下原则：

　　❶ 少开临时会议或紧急会议，多开例会。自己召集会议时，要提前做好准备工作，在做准备工作时，一定要做好细节工作。

　　❷ 参加公司中层管理人员会议时，要着装整洁，携带好会议相关资料。

　　❸ 开会时，要注意礼仪，遵守会议程序，按会议的顺序发言。在他人发言时要保持安静，轮到自己发言时，要言简意赅。会场发生争执时，要保持中立。

会议缠身的CEO如何给自己减负

北京的春天是妩媚宜人的，特别是无风的日子。

2013年的春天，Tony（托尼）的妻子带着孩子从法国飞来。俗话说，小别胜新婚，Tony与妻子有几个月没见面了，按理说，Tony应该在家中好好陪妻子孩子，或者陪他们逛一下北京城。

可一周过去了，Tony会议缠身，一直挤不出时间陪妻子逛北京城。

"亲爱的，对不起，我最近会多，明天还要去广州开会。"每次回到家，Tony总是对妻子抱歉不已。

望着一脸歉意的Tony，妻子善解人意地拍了拍Tony的肩膀，说："亲爱的，我知道你这个CEO会多，陪不陪我我不介意。重要的是你的会议太多了，你天天开会，什么时候才有时间思考公司的战略发展方向呢？我建议你为自己'减负'，给自己多留一些独处、思考或处理紧急事务的时间。"

其实妻子提的建议，Tony也曾考虑良久，可如何减少会议呢，每一个会都重要，Tony不知从何处入手。

CEO是企业的掌门人。像Tony一样，很多CEO都要经常开会，会议内容则形形色色，既有推广会、例会、周会，又有专题会、报告会、讨论会、总结会等。

相关部门的一项调查结果显示：在一周55个小时的工作时间里，CEO们用于开会的时间大约为18个小时。剩下的时间中，他们将3个多小时用于通电话，5个小时用于商务餐会，每周仅6个小时的时间可以自由安排。

CEO如何为自己减负呢？

1. 善于授权

有研究发现，如果CEO的直接下属很多，这个CEO又不善于授权，总亲自插手公司的内部运作，那么，这家公司的内部会议就较多较长。

2. 大型企业要设首席财务长或运营长

在一些大型企业的管理层，都设有首席财务长或者首席运营长职位，这样每周的开会时间平均会减少5.5个小时。

3. 在正确的会议节点做决策

作为CEO，应该紧盯会议之间的逻辑关系，避免开同样的会。最好设计一个合理而高效的会议体系，在正确的会议节点上进行有效决策，而不是仅仅把会议当成获取信息的渠道。开会而没有决议，就是让事情更加复杂，最终难免瘫痪。

4. CEO一定要设立会议日程表

如果你没时间，一定要让你的秘书给你制订一个会议日程表。早晨上班的第一件事，就是看一下你的会议日程表，然后从其中划掉不重要的会议，来处理最紧急、最重要的事务。

5. 合并会议

除划掉不重要的会议外，还要看一下有哪些会议必须召开而又可以合并在一起。

6. 将会议改为私下沟通

有一些公司的CEO很少召开长时间的面对面会议，而是"进行经常性的反复接触"，亲自与相关人员面谈，或通过发送短信、即时消息和视频聊天等方式沟通，节省了开会时间。

7. 是否召开会议，"利"字当头

日本人开会爱斤斤计较，CEO在做一周会议时间安排时，可以学下日本人，多打一下算盘，看一下会议成本。这里的"利"字，不仅是开会的金钱成本，还有人力成本、时间成本等，合计起来就十分惊人了。有了这样的成本核算，哪些会该开，哪些不该开，也就清楚了。

防员工迟到的那些另类武器

供职于北京中关村一家IT公司的Spark（斯巴克），昨天晚上去参加一个朋友的聚会。出来后，有朋友提议要去后海的酒吧再喝点儿，Spark坚决不同意。

"哈哈，Spark你怎么突然洗心革面了？以前你不是最喜欢泡夜店吗？"

"我现在也喜欢，可我喜欢跟我不想去是两码事，懂吗？"

"不懂，除非你告诉我有女朋友在家等你，否则我就严重鄙视你，知不知道，这次轮到你埋单了！"

"我把埋单的事给忘了，但我还是不能去，我明天有个会！今天晚上太开心，明天迟到就惨了。我们公司有一新规定：开会时，无论什么原因迟到，都要罚站几分钟。罚完站后，还要告诉大家自己是哪个部门的，而且部门员工迟到，经理也要被扣50元工资！"

"不用怕，纯粹是吓人的！"

"不是吓人，上次我们经理开会晚到1分钟，就被罚站1分钟！老总还为此做了自我批评！"

"这什么垃圾规定啊，你炒老板鱿鱼吧！"

"我炒老板鱿鱼？你要敢包养我，我立马就炒老板鱿鱼！"

"我可养不起你，你年薪30万，我月工资5000元……算了，你还是走吧！"

从喜欢泡夜店到为开会拒绝泡夜店，Spark的生活之所以发生如此改变，是由于公司防员工开会迟到的规定十分厉害，比喊破嗓子说不要迟到给力多了。

1. 惩罚政策一定要"铁腕"

对于员工开会迟到，很多公司都明文规定要扣奖金或工资，可由于执行不到位，导致一些员工一而再、再而三地成为"拖拉机"。

Spark的公司之前就是如此。后来换了老板，在开会迟到这件事上制定了相关处罚规则，而且在处罚力度上几近铁腕，效果立竿见影。

他们的惩罚政策是：初次违规者（第一次迟到者），罚款20元；重蹈覆辙者（第二次迟到者），罚款50元；屡教不改者（第三次迟到者），罚款100元；习惯成自然者（四次以上迟到者），罚款200元以上。罚款不许在工资或奖金中扣除，要当场缴纳，充当员工福利基金。

2. 罚款肉疼，罚站面子伤不起

如果简单的罚款不能让员工受到教育，甚至屡罚不改，不如采取迟到几分钟就罚站几分钟的策略，让相关的部门负责人也连带受罚。

每个人都爱面子，当众罚站，面子已经伤不起，再殃及领导，情何以堪……如此几次，脸皮再厚的人也会收敛迟到行为。

3. 开会迟到要道歉

小丽是一家食品杂志社的主管，她如果发现部门有人开会迟到，就会要求迟到者在会议结束时说明迟到理由，并公开道歉，因为迟到者耽误了大家的时间。

4. 善于用微表情传递不满

如果有人开会迟到，领导向迟到者传递非常不满意的表情，如一边叹气一边摇头，甚至眼神中充满了失望。那些迟到的员工见此就会脸红，非常不好意思，下次开会时，也就会尽量避免迟到了。

5. 自谦式提醒法

朋朋是一家公司的会议主持人，每当他主持会议有人迟到，他总是对开会迟到的员工如此说："非常对不起，昨天我太忙，竟然忘了通知你今天早来开会，真是罪该万死！"

众目睽睽之下，寥寥自谦数语，保管叫那些爱面子的"拖拉机"无地自容，恨不得找个地洞钻进去。

6. 暗度陈仓提醒法

如果你的下属开会迟到已经习以为常了，就算你绞尽脑汁提醒他也是对牛弹琴，不如淡然处之，不闻不问，表面上无所谓，随他去，他想几点来就几点来。但下次开会时，特别是开重要会议时，你不要通知他开会，如此几次，保管借个胆子他也不敢迟到了。这招对付爱迟到的中层管理人员超有效。

第七章
会议功夫在会外：会上争吵不如会外沟通

　　会上一分钟，会下十年功。聪明的管理者应该学会为会议埋下伏笔，凡重大问题或提案，不要到会上才协商，而是在会前进行沟通。

　　非正式沟通的方式有很多，既可用便条、备忘录、书面报告，也可用发短信或者网络聊天等方式与下属或员工沟通，向他们传递信息。但具体到某一问题，用什么样的方式进行沟通，要根据具体问题而定。

会前多沟通，胜于会场上争论不休

孙全是一家软件销售公司的总经理，去年，他们公司招聘了一个叫金丽丽的员工。这一年来，金丽丽对工作兢兢业业，不仅做好了总经理及主管交给的每一件工作，而且还帮着同事做一些杂事，孙全十分欣赏她。

12月，公司开年终会，会议除了总经理做总结性的报告外，人事部经理还宣布了一项重要任命："任命金丽丽为人事部副经理。"

人事部经理刚宣布完，坐在总经理对面的销售部刘经理不服气地叫道："她才来几天呀，凭什么？领导们集体发高烧吧？"

"是啊，没来几个月的新人怎么能担任这个重要职务呢？简直太可笑了！"会场上一片叽叽喳喳的质疑声。

"领导们集体发高烧，你才发烧呢？你不就是做了几个大单子吗，少给我装大尾巴狼！"财务部的经理席娟反驳道。

"哟，你不说我倒忘记了，金丽丽还是你介绍来的呢，她是你家什么亲戚吧？"

"刘经理，你搞清楚事实前，小心说话！"

"你们两个吵什么啊？明白这是什么地方吗？这是会场，我们这是开会，不是菜市场！"一看两位中层领导掐上了，孙全发火了。

见孙全火了，两个人倒很识趣儿，闭上了嘴巴，会场里也一下子安静了下来。

很多问题解决不了的时候，管理者喜欢开会协商，但要拿到会上表决的决议，如果事前没有私下进行协商、沟通，开会时，与会者就会因分歧而吵闹不休。如果私下进行了沟通，与会者达成了一致，就少有人在会上因为分歧而吵闹不休，从而加快了会议的进程。

1. 会议成本是高昂的。开一个小时的十人会，需要10个小时的时间成本，还不包括下发通知、会场准备、会后清理等琐碎工作所耗费的时间成本。管理者要好好考虑一下：让下属放下手头工作去开会，时间成本是否太高。如果下属都有急需处理的事，你就没必要花一小时的时间来开例会或者培训会，得不偿失。

2. 当然，很多问题还需要开会来解决的，这就是不得不开的会议，包括：

- 建议会：需要团队成员就某个问题提出建议。
- 集思广益会：需要集思广益，无法用一对一的交流方式解决。
- 分享或"解难"会：管理者需要与整个团队一起分享信息，解决困难。
- 决策会：涉及团队成员利益，或需要团队成员参与决策。
- 责任会：需要明确由谁来对所出现的问题负责，或一项任务要具体由谁执行。

会前沟通如马良的"神笔"，具有化腐朽为神奇的作用。会前沟通的形式是多种多样的，但要灵活运用。

1. 对于一些非常需要团队合作、需要大家通过群策群力的方式沟通协调的问题，可以通过开会商量；但重要的决议，以及短时间内难以协调的问题，几个核心管理者可以在会前进行面对面的沟通，开一个小会。要知道，有时三个人在走廊里碰面，花5分钟讨论一个项目，效果就等于开了一个高效率的短会。

2. 如果会议召集者的级别较低，在召集一些重要会议时，可提前做工作简报，老板、上司看完简报后就知道他们应该如何说、如何做了。有的问题可以马上协商解决，不必再等开会时讨论。

3. 如果会议召集者、主持人在会前把一些重要问题、议题或决议提前整理好，发一个电子邮件给与会者，或通过聊天室以及群发短信进行交流，将更有利于在会场上就某一个问题统一思想，达成一致。

4. 饮水机旁交谈。开会前，可在饮水机边、会议室外的走廊中，与下属、同事沟通一下，也许随意的几句话，就可让他人敞开心扉，获得他人的信任。这都有利于开会时就某一问题达成一致。

小贴士

会前的沟通胜于会场上面红耳赤的争论。对于任何管理者与会议召集者来说，想要让他人接受你的观点与想法的话，都要重视会前的沟通。

❶ 会前沟通的方法有很多，如果召集的是重大会议，核心成员可当面沟通一下，几个人开个小会。

❷ 会议召集者、管理者想跟与会者在会前沟通，也可选择用发电子邮件、电话沟通等不同方式。

电话沟通，帮你为高效会议埋下伏笔

李凌最近成为北京一家IT公司的董事会成员，之后，就免不了要参加董事会的会议，第一次参加董事会会议时，李凌非常自信。

轮到她发言时，李凌面带笑容、信心十足地站了起来。可当她提出一个自认为能解决公司当前困境的建议时，很多人脸上挂着很茫然的表情，完全不感兴趣。

主持人建议大家对李凌的提议进行讨论，但讨论的结果是她的提议不被大家认可。而另一个董事会成员的提案，李凌觉得比自己的提议差一些，经过讨论后却基本全票通过。

李凌很沮丧，一直为此耿耿于怀，对自己的能力也产生了怀疑。一位与李凌关系较好的董事会成员劝解道："昨天你提出来的建议非常好，但你错就错在会外功夫做得不充分，没有在会前先争取一些成员的支持。"

"如何在会前争取他人的支持呢？"

"你可以在会前给他们打电话，了解他们的想法，再说出自己的想法，然后将别人的想法与自己的想法综合，确保有一些人能支持你。那样，当你在会议上提出建议时，大家就会赞同你的提议了！"

下一次开董事会前，李凌就某一问题又有了想法，她提前打电话与董事会成员沟通，结果，当她在董事会会议上提出新建议时，8个董事会成员有6个支持她。

如果你经常开会，这样的情景肯定不陌生。

提议被否定，很多人就认为自己的提议有问题，其实，最重要的原因是没有将自己的提议与别人提前沟通。

会前沟通就等于为会议埋好伏笔，是会议取得成功的关键。

1. 打电话时，要先听听他人的想法，再说出你的想法，并确保有人支持你的提案或想法。

2. 如果遇到双方在有些问题上认识有分歧，不要着急，不要在打电话时与他人争论，记住，"戒急用忍"，重新考虑你的想法。

3. 放下电话后，要与他人的想法综合考虑、权衡，找到共同点，在取得基本共识后再上会，这样就容易被他人接受。

小贴士

会前为会议埋好伏笔是一种必要的策略。实现这个策略的方式就是会前电话沟通。开会前给与会者打电话沟通，既可以了解别人的想法，也可以在会议开始之前确保有一些人支持你。不过，你要注意的是：

❶ 如果你想在会前跟与会者沟通，一定要提前几天或几个小时打电话。

❷ 打电话时，要先听听他人的想法，再说出你的想法，并确保有人支持你的提案或想法。

❸ 打电话时，双方在认识上有分歧，要保持理性，然后综合考虑、权衡，找到你与对方的共同点，在取得基本共识后再上会。

总与你作对的同事，六招帮你轻松搞定

小肖是青岛一家生物公司的行政部员工，她在这家公司工作两年多了，跟老板、上司与同事关系一直不错。

但半年前，行政部来了一个新同事小林，主任安排她坐在小肖的对面，叮嘱小肖多帮助小林。

小肖是个热心肠。小林来的第一天，小肖带她去洗手间、食堂等地，帮她熟悉公司环境。食堂吃饭时，她也把小林带上，介绍其他部门的人认识。工作中，小林有不懂的地方来问小肖，小肖有问必答。

小林来公司一个月，行政部开季度总结会。部门经理让小肖发言，可小肖刚说完，小林就站起来，说小肖的一个数据有些夸大。

见小林当众与自己针锋相对，小肖有些恼怒，但转念一想，小林是新人，自己是老员工了，在会场上与她争执不休，会影响会议进程，也有失风度。小肖就采取怀柔的政策，对小林来了个冷处理。

可让小肖想不到的是，下次部门开会自己发言时，小林依然对她的发言鸡蛋里挑骨头。这次小肖急了，与小林理论起来，两人的眼中都充满了敌意。理论的结果，当然是小肖占了上风。

不久，部门又开会，讨论办公室装修的问题，小肖认为，随着公司规模不断扩大，装修标准也应该提高。但小林则认为办公室不是宾馆，除总裁办公室，其他部门的装修标准不能提高。

两人在会议上争执不休，僵持了半个小时，也没有结果。最后，部门经理不得不出面阻止两人的争论，决定把装修标准是否提高这个问题请总裁裁定。

在会场上，很多人会遇到这样的情形，不管自己的发言内容如何，提什么建议，总有同事会与自己针锋相对。

遭遇这种情况时，很多人采取的对策是以牙还牙。也有一些人从此对同事敬而远之，而且很纠结："为什么××同事会对我针锋相对呢？"

其实，这个问题涉及会场政治。会场政治意味着人际关系的一个协调问题，我们特别强调所谓人脉、圈子。会场这个圈子，给你上的最实用的一堂课，就是教你怎么去处理好人际关系。处理会场关系，有一些很微妙的原则。

1. 控制自己的情绪，千万不要火冒三丈

在会场上，如有同事与自己针锋相对，千万不要火冒三丈。最好先控制好自己的情绪，保持冷静。这样，既能避免与同事在会上产生冲突，拖延会议进程，又能让其他与会者更认可你的表现，更尊重你。

2. 不战而屈人之兵

不战而屈人之兵始终是上上策！开会时，如果感觉没有把握反击同事的不同建议，可跳过去，会下进行沟通。沟通时，要对对方动之以情，晓之以理，尽量和平解决问题，既要表明愿意接受同事的意见，也要讲清自己观点的合理性。

以牙还牙，背地里捅刀子，一有机会也狠狠算计他，这是下下策。虽然解气，但极有可能导致你与同事结下不解之怨。

3. 多沟通，多请教，嘴巴甜一些

嘴巴甜一些，会前广泛征求同事的意见，就可以避免开会时同事与你

针锋相对的情况。

4. 不要涉及第三者

有了争执，尽量不把你的老板和其他同事牵扯进来，否则会增加办公室政治的成本。

5. 不要向同事抱怨

如果理论时居于下风，也不要发牢骚，跟其他同事抱怨，打落牙齿和血吞就是了。很简单的道理，如果你的对手人缘很好，那你的抱怨就等于无形中给自己树了很多敌人。

6. 提升个人自身价值

建立人脉与圈子，需要处理好人际关系，这并不意味着要跟所有人都搞好关系。要想处理好人际关系，有一条捷径就是设法提升个人自身价值。

当你在某一方面成为专家的时候，别人想针对你，也要考虑成本与风险，也许就会打退堂鼓。反之，如果你实力不济，反击也就没有力度，别人也就更容易把你当软柿子捏。

简单来说，打铁还需自身硬，就算是你能四两拨千斤，你也得先有四两的力道。技巧再高明，没有力量也是枉然啊。

小贴士

　　会场上有同事针锋相对是非常伤面子的一件事。如果开会发言时，有同事总与自己针锋相对，以牙还牙，背地里捅刀子，可以解一时之气，但这是下下策。上上策是不战而屈人之兵，所以最好是和平解决。

　　❶ 在会场上，如有同事与自己针锋相对，最好先要控制自己的情绪，要跳过同事有不同意见的观点或议题，然后与之会下进行沟通。

　　❷ 不必向同事抱怨。

　　❸ 最根本的办法是提升自己的能力。能力提升了，麻烦自然就少了。

会后——难道还有事吗？

　　Steven（斯蒂文）单位新来了一位人事部经理，公司召开全体会议迎接。Steven超不喜欢开会，那天他早早来到公司大会议室，迅速找个有利地形"隐藏"起来，准备会议开到中间的时候，神不知鬼不觉地开溜。但会议开到中间，想开溜的Steven却没溜成，因为新经理恰恰就在这时提醒与会者千万不要开溜，会后要点名。点名不在的人，要扣工资。

　　过了几天，新经理又开会，这次开会是讨论上班不能迟到、早退的事。

　　这次，新经理说会议最后要安排重要事宜。有什么重要的事宜要在会后安排呢？以前的人事部经理开会，可是一开完后大家都拍拍屁股走人了事。

　　终于，会开完了，新经理宣布如下规定：早晚上班要打卡，由人事部副经理小汪监督，如果有人不打卡或迟到早退，发现一次罚50元钱。

　　迟到、早退，对很多员工来说是时有发生的事。以前的经理也对此做过相关规定，但没有认真执行。

　　新经理雷厉风行，工作能力还不错，第一天一早，他就与副经理早早到了公司，站在门口，看谁迟到了。然后当场开处罚单，让迟到者交罚款。下午，他与副经理又站了公司门口，看谁早退。

　　虽然有员工虽然给新经理起了"黑脸包公"的绰号，可没几天，迟到的人基本没有了。

自从开会之后，迟到与早退的现象基本没有了，由此看来，新经理召集的会议还是成效卓著的。

而之所以有效，显然是因为他在会后坚决执行会议决议，并进行追踪。

有些会议，召集者对于会议的筹备与执行等都做得非常棒，但唯独会议结束之后就不知道要做什么了。这自然也就影响了会议效率。

会后难道还有事？要做的事情很多，比如，在会后对会议决议、提议等进行总结，并注重检查追踪。尽管会后需要做的可能是不起眼的小事，却可以提高会议的效率。

首先，在会后，要对会议进行总结。在总结时必须注意如下事宜：

1. 会后必须整理下发会议记录

会后，一定要整理会议记录并下发给与会者，或把会议简报发给与会议决议有关的人员。

2. 整理会议记录注意事宜

会后整理会议记录时，一定要保持会议记录的完整、翔实。会议记录既要有主要内容、会议时间与地点，又要有参会重要领导的姓名、会议主持人的姓名，会议中讨论的议题以及达成的决议。

整理会议记录时，要注意达成的决议一定要有确切的表述，不要有"基本上同意""大致通过"类似的字词。

3. 会议总结要明确任务分配

很多公司开会，特别是一些公司的部门开会时，常常是所有议题都讨论过就算结束了。这就会导致会议无效。

有效的会议是这样的：部门经理要总结会议要点，并明确每项工作的责任人、工作要点、重点，以及完成时间等，或将会议上达成的一致成果加以总结，不管是总结成果还是分配任务，最好是形成书面文字，如各项工作要指定负责人，并规定工作完成期限等，之后及时下发给相关负责人员。

会后总结，等于给会议画龙点睛。要想给会议画上完美的句号，还需要对会议决议的落实情况进行检查追踪。其方法包括：

1. 追踪内容

会开完后，不等于万事大吉，而是要对在会议上通过的决议或决定落实情况进行追踪。既要追踪上会议上提出的问题是否真正得到解决，又要追踪相关人员对会议本身和会后落实工作的反映。

2. 设专人负责追踪

会议快结束时，会议主持人或召集者要设专人负责追踪会议落实情况，或定汇报结果的期限和方式；如果有连续性的会议，可以在每次开会的一开始，先听取相关人员关于上次会议决议的执行或进展情况汇报。

第八章
老板在上面盯着呢：新老员工参加会议最不应该做的N件事情

　　身在职场，上司、老板是决定你前途的人。开会时，一定要处理好和他们之间的关系，不要和他们唱反调，让他们心存芥蒂。在会议中，老板、上司发言时，不要随意打断他们，即使你有不同的观点。这不仅仅是礼貌问题。打断领导发言，会让他们心里非常不愉快，或把你视为眼中钉。

　　当然，开会更不要迟到，不能在领导讲话时玩手机、发微博。这些不起眼的小动作，搞不好就是玩火自焚，会让他们对你产生不良印象，甚至会影响你的前程。

抢领导发言，等于抢炸弹

大学同学李小明给我打来电话，约我晚上去喝酒。到了酒店，我发现李小明早已到了。一向性格开朗的他，这次有些郁郁寡欢。

我不解地问道："怎么了，是不是工作中遇到了麻烦？"

"是啊，我被公司炒鱿鱼了！"

李小明是美国驻北京分公司经理，他工作能力很强，但有一个缺点，就是喜欢抢话。前不久，公司高层在北京开会，总公司的高层主管及分公司的经理都来参会。

按理说，高管在会场呢，他应该少说一些，可他不避讳，应该他说的他说了，不应该由他说的，他也说了。

他全然不知这样做容易引起误会，不知情的还以为他是总公司的主管。结果，他的行为引起总公司高层主管的极度反感。

这次会议之后没多久，他就收到了总公司给他的辞退书。

李小明为爱抢话而被炒鱿鱼，公司高管们似乎有些小题大做。不就是抢了话吗，至于炒人鱿鱼吗？其实，抢老板发言绝对不是这么简单的事。

1. 职场开会，抢着发言或总是打断别人的话，表面看是抢话，实际是上抢了他人的风头。

李小明就是因为抢了上司的风头被辞退。作为下属，切记不要跟老板抢风头，特别是老板发言时，不要随意打断，不要老板还没说完话，你就发言。否则，让老板受冷遇，就算你本职工作做得再好，也不会受到重用。

曾经听过这样一个故事：一家公司的两个销售员与经理一起去办事，途中，一个天使出现了，天使对大家说："我能帮你们每一个人实现一个愿望，你们谁先说？"

两个销售员争先恐后地说："我先说！我先说！"

等两个销售员说完了，经理这才慢慢开口道："我只希望他们吃完饭后马上回到办公室！"

这个故事告诫职场人士，作为下属，无论什么场合，都不要与领导抢风头，不要让领导坐冷板凳，否则，就算你再优秀，也不会给老板留下好印象。

2. 在职场上，抢风头就很容易自作主张。自作主张是职场大忌，无论何时，无论大事小事，都要由领导做决定。

只要他们没有给下属授权，下属就不要越权替领导做任何决定，哪怕你是为了领导着想。否则，吃亏的人绝对你。

记得以前看过一个职场案例：某次，一位经理与客户发生了矛盾，盛怒之下给客户写了一封措辞严厉的谴责信，交给女秘书，让她马上发出去。女秘书觉得经理是在气愤之下做了不理智的决定，真要发出去，肯定会出问题的，于是好心替经理把信收了起来。过了几天，经理果然后悔了，跟女秘书说不该写那封信的。女秘书终于等到了机会，很开心地说那封信自己收着呢，并没有发出去。结果如何呢？估计你也猜到了。经理根本没有领情，还严厉斥责女秘书自作主张，不遵守工作规定。女秘书觉得委屈极了，明明自己是好心，而且结果也是好的，经理怎么还批评自己呢？

3. 在工作中有了成绩，一定要适时表现，你不表现出来，别人就不知道你的辛苦，但一定要懂得隐藏锋芒。如果事事都要表现，甚至不惜抢领导的风头，就会让领导觉得你认不清自己的身份，或者以为你是一个野心太大的人，是对他的威胁。

会场上，在领导面前如何恰如其分、不露痕迹地适时表现自己呢?

1. 领导发言时尽量少说多听

一个善于发言的人，首先应该是一个好听众。需要开口时，他会先用眼睛来观察别人的微表情，然后决定发言的内容和形式。

所以，在别人发言时，特别是老板和上司发言时，你一定要学会认真倾听，观察他们的表情，而不是盲目抢话。

2. 不要打断领导的发言

什么事都有个先来后到，发言亦是如此。如果需要发言，那也要等别人讲完话，而不是打断他人，自己抢先发言。那样，容易给老板或同事留下不懂规矩的印象。

3. 模糊与明确的艺术

轮到自己发言或被领导点名发言时，一定要弄清什么时候应该用词明确，什么时候模糊应付。夸领导时，要用词准确，说老板的指示非常英明，自己深受鼓舞；当自己的看法已经被其他同事说过，要表示同意以上意见。

4. 不断完善、调整自己的观点

即使写好的发言稿，在开会的过程中，也要根据领导、同事的发言及时调整，避免与别人重复或与领导唱反调，或在发言时能对同事不完善的观点进行补充，从而让自己的发言更得体、完善。

小贴士

　　开会时，抢领导发言，就是抢领导的风头，是发言的大忌。如果你不想给领导留下不懂规矩、爱自作主张的印象，在领导发言时，你要尽量做到：

　　❶ 管住自己的嘴巴，尽量少说多听。

　　❷ 实在想发言或有好意见与提案，也要等到领导发言后坐下，自己再站起来说。

开会跟老板唱反调，只能自毁前程（1）

周末，北京一家贸易公司开会。公司全体员工都早早到了会场，新来的几名员工也找了座位坐下。

会议是由公司老板赵总主持的，重点是讨论下半年的工作计划。赵总是个很有激情的人，所以经常会有一些天马行空的想法。

赵总就下半年的项目计划做了发言，接下来是各部门经理发言，内容大同小异，不是支持赵总的计划，就是认为赵总的计划非常宏大，甚至有人拍马屁：赵总的下半年计划将会带动公司实现跨越式发展。

只有策划部经理小魏提出异议："去年公司全年纯利润才8000万元，赵总下半年就想达到1亿元纯利润，这个计划的可行性太小了吧？"

见小魏提出反对建议，赵总先是眉头一皱，接下来不紧不慢地说道："这个计划我是经过深思熟虑的，可行性比较大，这一点毋庸置疑！"

"可是，赵总，我还是觉得你的下半年计划有些不太靠谱儿！"

"小魏啊，这计划你就不必担心了，你要做的是怎么完成你下半年的策划方案，如果你觉得自己不能胜任，我只好另请高明了。你是公司老员工了，明白了吗？"

年底，公司的收益真让小魏不幸言中：没有完成下半年工作计划，但除了小魏被明升暗降调入行政部，其他部门经理都没换位置。

小魏的叔叔也是职场老江湖了，对于小魏的境遇，他恨铁不成钢地给了如下批语："咎由自取！"

但小魏毕竟是他的侄子，虽然怒其不争，可又不能见死不救，最后，他给小魏出了一招："再开会时，要支持老板的想法，千万不能与老板唱反调。否则，就会自毁职场前程。如果你觉得确实有问题，你可以私下跟老板沟通。记住，就算老板采纳了你的意见，你也要学会闭嘴，不要四处宣扬。你太不了解老板的心思了，也太不懂说话的艺术了。在会场上提完全相反的意见，一般的老板都不会接受的，这可不仅是面子问题，有时候比你提的问题还大。你虽然工作好几年了，但在这一块儿，你还得用心琢磨琢磨，会有好处的。"

小魏听了叔叔的话，若有所悟，当作职场法宝，再开会时，就没有再跟老板当面唱过反调。而他跟老板的私下关系也亲密了很多，也找机会跟老板提了一些自己的想法。

过了几个月，小魏官复原职。

身在职场，老板是决定你前途的人，如果你不懂怎么样处理好跟他们的关系，你的职场生涯会非常惨淡。开会时，不经思考发表与老板相反的意见，这是最犯二的做法。

1. 会场是公共场合，又是下属与老板、上司同时出现的场合。在这样的场合，你与老板、上司唱反调，也许你是无意的，可是他们会把你当成对立面，最后的结果就是你被明升暗降，或收拾东西走人。所以，切记，在会场上，千万不能与上司、老板唱反调。不管你是资深员工，还是为公司立下汗马功劳的中层管理者，都不能倚老卖老，否则无异于自毁前程。

2. 当与老板有不同建议时，可以毕恭毕敬并婉转地提出："您的提案非常棒，我还有一个方案，您斟酌一下，看是否可行？"

如果老板感觉你的方案确实好，自然会采纳你的方案；如果老板刚愎自用，非要执行他的错误方案，出了错也与你无关。私下里，老板也会赏识你的态度，认为你是一个人才，慢慢地会提拔重用你。当然，如果老板是度量狭小之人，事后会觉得很没面子，那一定会踢你走，这样的公司也就不用太留恋了。

开会跟老板唱反调，只能自毁前程（2）

其实，在会场如何发言，要看老板的风格。

1. 散漫型

这种老板开会总是短话长说，东一句，西一句，就是不说正事儿，总是爱"拖堂"，半小时能开完的会，非开到一个多小时。最终的结果，会开了不少，问题一个也没解决。

2. 自负型

这种老板超级自信，开会时，不管与会者发表什么样的想法，如果他觉得可行，与会者必须双手赞成。

在这种会议上，千万不要提什么建议，只需要用一副虔诚的表情看着他，不断点头就能搞定他了。

3. 严厉型

这种老板心中有严格的上下级界限，非常在意自己的领导地位，老是担心别人对自己的位子虎视眈眈。在会场上，无论你的建议多么棒，他都绝少赞同。

你要想取悦他，就要少发言。如果他点名让你发言，你不要表现出比他还才智过人，而要顺着他的思路讲，委婉地夸赞他，可以这样说："刚才吴总的提议真是太棒了，我是怎么想也想不到！"

但无论对于哪一类型的老板，都要注意以下事宜：

1. 千万不要直接对老板说"不"

明明你的部门一个月只能完成100万元的销售任务，可会上老板却分配了你200万元，此时，你千万不能直截了当说："不行！"

当他们让你站起来表态时，你可以试试"肯定—否定—安抚"的"三明治法"，先答应下来，接着再说："要完成这个任务，在时间上很紧张……不过请您放心，我们一定想办法尽力完成！"

2. 会下沟通最给力

如果你有不同的建议，可在开完会后找个机会，与领导一对一地沟通，说出自己的不同想法或不能完成任务的理由。这种方式比会场直接讲理由要容易得多，是最给力的做法。

3. 正确的建议，也要选择正确的时间提出

开会时，很多与会者想向领导提不同的想法，很多想法都很棒。

要想这些建议真正被采纳，就要选对时间，要在正确的时间提出，如领导正为此事焦头烂额，想不出好的解决方案的时候；或者领导开心的时候，把你的想法告诉他。

开会迟到，坐冷板凳是小，影响前程是大

在开会时，每一个人都希望在会场上有得体的举止、精彩的发言，能吸引他人的眼球，赢得与会领导的好感。要达到这个目的，除了在会前要做好充足的准备外，还要注意一些细节，如不能迟到。迟到，可真不是一件小事儿。

张先生是上海一家报社的记者，昨天，记者部的李主任通知他今天上午10点开会。由于晚上赶了一份稿子，张先生到凌晨1点才睡觉，早上自然起晚了。他睁眼一看都9点了，就急忙赶往报社，可到报社的时候，已经10点了。

等他停好车，上楼，到会议室的时候，已经10点10分了。会议室中早已是人满为患。

他正想在后排找个座位坐下，报社副总编板着脸，不客气地对他命令道："小张，你迟到了，按我们的老规矩，你就坐到右边的位子吧！"

右边的位子是迟到位，小张只好坐到迟到位上。

今天开会迟到的只有小张，一时间他成了孤家寡人，开会时，他浑身不自在，甚至想找个地洞钻进去，坐冷板凳的滋味真不好受。

让他更郁闷的是，开完会后，他想开溜，可主任却冷着脸叫住了他："一会儿到我办公室！"

张先生只好硬着头皮去了主任办公室。进了办公室，发现记者部

其他同事也在。主任清了清嗓子，大声讲道："现在，我们开一个小会，没别的事，就是希望大家开会时都要准时，不要迟到。迟到既违反报社会议纪律，又给老总留下了不良印象。难道大家不记得去年开会时，编辑部的一个编辑因开会总迟到被炒鱿鱼的事了？"

去年，编辑部一个美女编辑确实是因开会总迟到被炒鱿鱼，张先生一想到这儿，吓出一身冷汗。从此，每次开会张先生都早早到会场，主任与老总再也没有因为他会议迟到而对他发脾气。

因为开会迟到，张先生被罚坐到迟到席，饱尝老板、上司的冷眼，很多人可能会对此不解。

可张先生的委屈不值得同情，因为开会迟到，无疑是浪费了他人的时间。所以，上班族们开会时千万不要迟到，最好提前几分钟到会议室，提前进入会议状态。

为什么需要提前进入会议状态呢？

1. 大脑从繁忙的工作中或其他状态切换到会议状态需要一定的时间，不做好这个切换，就可能出一些问题，如开会了开了半个小时，自己还在想其他事情，无法集中注意力。

2. 提前进入状态。个人状态饱满，就能让会议沟通更高效，从而让到会的领导产生好感。

那么什么是提前进入会议状态呢？提前进入会议状态，不是提前半个小时或15分钟进入会场就OK了，而是在会议开始前让放松的大脑进入思考状态，这分以下六个步骤进行：

第一步：在会前15分钟停止做其他工作，让大脑从原来的工作中跳出来，大脑与身体好好休息一下，处于放松状态。

第二步：在会议前10分钟，开始让放松的大脑进入思考状态，思考的内容要与会议紧密相连，如你要参加的会议主题是什么？这次会议有哪些议程？你所扮演的角色是什么？老板对这次会议是否重视？

为了能清晰、有条理地思考，你可以将这些问题写在笔记本上，并逐个解答。这样就你会尽快地搞清楚自己在会议中扮演的角色。

第三步：在会议前8分钟，你可以做一些与会议相关的准备工作，如整理会议上可能用到的资料，整理PPT、文档文件、各类数据、资料文件、样品、移动设备、数据线、纸张、笔等等。然后将这些东西放在一起，用文件袋装好。

第四步：这个步骤与上一个步骤有些相似，也是做一些准备工作，但这个步骤是在会前5分钟进行的，如果你在会上需要发言的话，那么就可利用这段时间默诵一下发言的内容。

如果想让自己的发言滴水不漏，表述准确无误，那么，你可以在白纸上列出一个发言的备忘录。当然，如果有在会上需要解决的问题以及突然萌生的新想法，或还需要了解什么，也最好一一写在纸上。

第五步：第五步是在会议前2分钟。眼看开会时间就要到了，你不妨用1分钟的时间在大脑中飞速想象一下整个会议过程，然后，快速整理一下资料，看看有没有遗漏或者需要补充的地方。

第六步：离开会的时间还有1分钟，此时，你的同事和领导都已经就座，假使你不需要发言，或者不是第一个发言，你最好喝点儿水润润喉咙，准备听主持人宣布开会。

开会玩微博、开小差，等于玩火自焚

小吴是典型的80后，目前供职于上海一家网络公司。这家公司的丁总也是一位80后，在工作中遇到问题的时候，丁总喜欢召集下属开会。

最近，公司要参加行业形象比赛。丁总召集大家开会，商讨比赛的具体事宜。丁总先让各部门经理发言，自己最后发言，这时他发现有人在玩微博，而且这个人是自己十分欣赏的一名员工汪小雅。顾及员工的面子，丁总不点名地提醒道："这次比赛很重要，希望大家专心听会！不要做其他事了！"

可让丁总不满的是，汪小雅依然在玩微博，丁总只好点名提醒道："汪小雅，这是会场，不要玩微博！"

汪小雅短暂沉默后，争辩道："丁总，我转发的是我负责的那个项目的微博！"

见汪小雅在众多下属面前与自己对抗，丁总满含怒气地问道："这么说，你开会发微博是在做正确的事了？那我们干脆别开会讨论比赛的事了，都发微博吧，行吗？"

意识到丁总生气了，汪小雅也不敢再说什么了。

会后，有同事提醒汪小雅，这次开会玩微博，肯定惹恼了丁总。此时汪小雅也意识到了自己在会场上做了不应该做的事。

可不应该做的事情已经做了，只有设法补救了。考虑再三，汪小雅决定去丁总办公室找丁总道歉。

到了丁总办公室门前，汪小雅正想敲门，就听见了丁总与人事部经理的谈话："给汪小雅加薪的事再缓一缓吧！唉……我本来想在这个会上宣布这个决定的，可汪小雅却……简直太让人失望了！"

汪小雅一听傻了眼，是敲门进去呢，还是回办公室？正不知所措时，人事部经理推门而出。

见汪小雅站在门前，人事部经理小声对她说："快进去吧，给丁总好好道歉，不然，你到手的好事就没了！唉，你哪是玩微博啊，是玩火自焚！"

汪小雅心领神会，一咬牙，敲门而入，给丁总又赔不是又做保证。

一周后，加薪名单公布了，汪小雅的名字排在最后。

现在年轻人都喜欢玩微博、微信，乘地铁，坐公交，随处可见。

年轻人喜欢玩微博不是坏事儿，但要注意的是，千万不要在错误的时间、错误的地点玩微博。

1. 刘总是北京一家传媒公司的老板，他说开会时员工开小差，他不会当面批评，但会影响他对员工的看法。

2. 开会时，多是领导或同事在发言，不注意听会上发言，显然是对他人的不尊重，不给人家面子。你不给领导面子，他们就不会给你好的前程。

张总是上海一家茶叶公司的老总，他说他不能接受员工在开会的时候做其他事。他认为，公司既然是开会，肯定是有重要的问题需要沟通、部署。如果员工都不认真听会，那要解决的问题怎么办？

如果你想玩微博，可以在会前玩几分钟，把自己的微博更新一下，也可以在会议中间休息的时候，转发你认为重要或有趣的事情。

小贴士

公司召集员工开会肯定有公司的道理，作为公司员工，开会时，一定要认真听会。

❶公司开会，特别是领导发表重要讲话时，一定要专心致志地听，不要玩微博。毕竟老板需要员工尊重。要想玩微博，可在会前或会议中间休息的时候玩。

❷即使是与工作有关的微博，也不要在开会时转发。即使会议议题与你关系不大，你也要好好听会，在职场上，多学东西本无坏处。

第九章
资深人士教你完美避开各种会议陷阱

　　如果你是资深职场人士，肯定见过不少会议陷阱，有一些职场人就是一个不慎，掉了进去。因此，职场人在职场要时刻紧绷着一根弦，在心中高筑"防火墙"，这样，才能避免走入会议陷阱。

　　但是你也要看到，会议陷阱固然吓人，但也是一个良好的表现机会，有不少人就是借了这个机会，因祸得福，反而升职了。比如，领导在会上让你帮忙背黑锅，你背还是不背？

上司让你背黑锅，你背还是不背？

　　小周在北京一家推广公司工作，最近公司有一项推广活动。部门经理让小周负责展会上的展位安排事宜，并把客户名单与展位安排计划全给了小周。

　　小周按照经理的安排把活动做完了。没想到推广活动之后，公司的一个重要客户却不满意自己的展位被安排在5层，把状告到了总经理那儿。

　　总经理十分生气，召集员工开会。开会时，总经理问小周的经理为什么会出现这种情况。让小周诧异的是，部门经理竟然说这次展位事宜是小周安排的。

　　经理不仅将责任都推到小周身上，还批评小周："你怎么处理事情的，事先都不跟我汇报一下，就随便将重要客户的展位安排了？"

　　展位如何安排都是经理决定的，自己只是执行者，出事了，经理却将责任推到自己身上……小周觉得经理太不厚道了，这不是让自己替他背黑锅吗？

　　一气之下，小周将真相爆了出来，并拿出经理签名的展位安排计划单。

　　这下经理傻眼了。老板见此，严厉批评经理道："明明自己失职，却把责任推到下属身上，作为部门经理，如此没有担当！希望你会后认真检讨这次事件！"

经理被老板批评了，小周开始提心吊胆，自己是不是不应该说出事实真相？自己以后的工作该怎么进行？

散会后，小周跟关系较好的同事说出了自己的忧虑。事情到了这个地步，同事也没有办法，只好让他以后做事小心一点儿。

尽管小周此后工作兢兢业业，可一个月后，还是被调到工资、待遇远不如从前的后勤部。

他到后勤部工作两个月后，老板召集会议，在会上点名批评后勤部工作有问题，员工都反映食堂卫生差，责问后勤部经理是怎么回事儿？

"哦，食堂具体是小周负责的！"经理又将责任推给了小周。

"小周，你怎么搞的，食堂是最需要讲卫生的地方，你怎么这么不负责任！"

老板当众批评，而且食堂卫生是部门经理的职责，尽管小周感觉很委屈，可这次小周学聪明了，立即替经理背了黑锅："食堂卫生较差是我的责任，我以后一定努力改进！"

半年后，后勤部的采购辞职了，小周成为了后勤部的采购。

所谓背黑锅，就是代人受过。在职场上，特别是开会时，很多下属不愿帮上司背黑锅，因为通常这个"黑锅"不是什么好事儿。

那么上司甩下来的"黑锅"，下属究竟该不该背呢？这个问题没有标准答案，需要通盘考虑、综合权衡，并量力而行。

1. 通常上司让你帮他背黑锅，一是想推卸责任，二是不想在大庭广众之下丢面子。

虽然你平时努力工作，事无巨细做到完美，各方面工作无可挑剔，但上司不让你背就代表是他做错了事，所以，你拒绝就等于不给他面子。

2. 不给上司面子或当众揭上司的短，有可能影响自己的前程。如果上司就此被调离或辞退，那倒会相安无事；如果上司只是被老板批评，职位不变，之后你有可能会"穿小鞋"。

3. 要不要帮上司背黑锅，也要看上司为人如何。如果他是一个明事理又信任你的上司，跟你关系不错，背一下是可以的。

如果上司不信任你，而且易情绪化，做事不负责任，那你最好不要背。因为即使你帮了他，他也不一定领情。

4. 是否帮上司背黑锅也要量力而为，看是什么性质的"黑锅"，自己是否背得起。

如果只是做事的方法有问题，工作细节不到位，不够认真仔细，帮上司背一背也没什么。可如果是一座大山，比如收受贿赂、给单位带来巨大损失的，这种黑锅打死也不能背。

5. 如果帮上司背黑锅能换来升职加薪机遇，或让上司对你另眼看待，你不妨帮他背一下。

如果不想帮上司背"黑锅"，那么你就要学会保护自己。

1. 严格按公司规章制度做事，做好自己分内的事情。

2. 未雨绸缪，相关文件，特别是有相关人员签字的文件、带数据的文件，一定要保存好。工作上的一些重要交流，少用口头交流，多用公司邮箱，有意识地保留证据。这样，就可以避免开会时上司让你帮他背黑锅，你辩解无力，不得不背。

也许你的工作环境没有那么险恶，但有一句话是这样说的："常将有时作无时，莫待无时想有时。"多一些自保的措施，有备无患，多一道保险，终究是没有坏处的。

背黑锅也是一门技术活儿。

1. 一定要放低姿态，阐明自己的失职，然后说明是什么原因造成的，态度要诚恳。

2. 面对老板或他人的批评、指责，除了忍，还是忍，一忍再忍！

3. 你很委屈，但你不能流露出你的委屈，也不能抱怨连天，更不要怪其他同事不帮你说话，没人与你一起背黑锅。要知道这个世界就是这么现实，没人会愿意跳出去帮你挡刀，正所谓"锦上添花易，雪中送炭难"。

4. 最后有一条千万要注意，黑锅背了就背了，委屈受了就受了，就让这件事情从此烂在肚子里，成为你跟上司心照不宣的秘密就可以了。切忌跟同事诉委屈，四处宣扬，哪怕是你再亲密的同事，也最好不要说，万一被上司知道，不仅容易引起反感，你受的委屈也就白受了。
职场很残酷，但还是有门道的。

有职场的地方就有江湖。人在江湖漂，哪能不挨刀。人在职场走，哪能不背黑锅。但背黑锅前，不妨通盘考虑、综合权衡，问问自己，你有这个能力去背这个黑锅吗？那个人值得你这么做吗？如果你决定了帮上司背黑锅的话，一定要态度诚恳，不要犹疑不决。要拿出自己的风度，就当这件事是自己做错了一样，敢于担当。

小贴士

黑锅背还是不背，怎么个背法，都是一门大学问。

❶ 你首先通盘考虑、综合权衡一下：看看对团队、上司以及自己都有哪些利弊？你有这个能力去背这个黑锅吗？那个人值得你这么做吗？如果这件事，或你的上司不值得你去背这个黑锅，就要拒绝。

❷ 如果决定了帮上司背这个黑锅，要放低姿态，态度诚恳，心态平和地坦承这是自己的失职，不要犹疑不决或抱怨不已，也不要四处宣扬。

发言口有遮拦，就不会被同事排挤掉

小沈大学毕业前曾经在成都一家食品公司实习。他刚进公司没多久，部门经理召集大家开会。

开会的议题是如何将新产品打入北京、天津等北方城市。讨论的结果，同事们都同意这个推广方案。只有轮到小沈发言时，她初生牛犊不怕虎，提出质疑："公司的产品比较符合南方人的口味，不太适合北方人，这个推广计划是不是再商量一下？"

面对小沈的质疑，小沈的同事小张非常生气，可又不好当众发作，脸色非常难看。

原来，这个项目是小张力排众议说服公司做的，现在被一个新人当众批评，她面子上当然不好看。

可小沈刚进公司，哪知道这么多内情，就此得罪了小张，并且给其他同事留下了爱出风头的印象。

以后每到开会，一有小沈发言，小张肯定会提相反意见。小沈知道这是小张故意跟自己对着干，却无可奈何。

更让小沈觉得没意思的是，同事们也不正眼瞧她，对她敬而远之，经常背着小沈说话，讨论事情。

3个月后实习期满，小沈只能选择离开这家公司。

几个月后，小沈进入上海一家食品公司，这次她吸取了上次的开会经验：小心驶得万年船，不当说话便不说话。无论大会小会，她从不当众提反对建议，质疑同事，而是尽量多提正面意见。让她觉得庆幸的是，在这家公司，她与同事的关系还可以，大家和平相处，不像实习时与同事关系非常僵硬，一点儿也不和谐。

眼看3个月试用期就到了，正当小沈坐立不安时，人事部通知她去签约，她成为了这家公司的正式员工。

初生牛犊不怕虎，新人初入公司，敢说敢做是好事，但也要有讲究，不能乱说，特别是在开会这种场合，要会说话，善于说话，否则，你就会被排挤掉。

1. 如果你是一个性格直爽、比较健谈的新人，进公司之后，最初几次开会一定要管住自己的嘴巴，尽量多听，而不是给别人提建议。

2. 如果不了解具体情况，轮到你发言时，尽量说正面的意见，否则既会影响发言的正确性，又会得罪同事。

3. 等到比较了解公司的文化后，在会议中，如果有不同意见，你也要注意给同事留面子，不要口不择言，当众指责同事的发言是"瞎说""废话""胡说八道"。即使与同事有不同建议，也要就事论事，讲明道理。

4. 如果同事前脚刚发完言，上司让你后脚跟着发言，你陈述己见一定要察言观色，如果发现同事眉头一皱，面露不悦之色，就要少说或不说了。

小贴士

　　开会发言是一门技术活儿，说得好，能赢得上司、老板的好感，赢得同事的欣赏与认可。但乱发言，既让领导反感，也会得罪同事。所以，开会发言一定要注意。

　　❶开会初期，要先观察同事的举动，等到摸清开会流程、同事习惯后再开口。

　　❷开会不了解具体情况，不要说负面的意见。职场新人发言，要注意给同事留面子。什么话应该说，什么话不应该说，一定要拿捏好尺度与分寸。

遮掩术+伪装术= "高境界" 瞌睡

小赵在一家国企上班，单位会议比较多。这天领导召集大家开会，员工们都按时到达了会场。

主持会议的办公室主任宣布开会后，各位领导依次发言。轮到大老板张总发言时，更是激情澎湃，在台上讲得唾沫横飞。

突然张总不讲了，使劲儿拍了一下桌子，大声叫道："小田！"

小田正与周公聊天呢。

一听有人大叫自己的名字，小田被吓醒了，立马站了起来。

"小田，我的发言就那么无聊吗！你平时很敬业，怎么就不把我的发言当回事儿？如果你发言我睡觉，你什么感觉？太不像话了！"

"张总，我……我……对不起！"

"我……我什么啊，先站着听会！"散会后，张总经理让其他人散会，把小田留下狠批了一顿。但之后，小田依然受到了降薪留职的处分。

其实，小田之所以在会上打瞌睡，是因为昨天晚上加班写了一个计划，没睡好。可张总却没问小田原因，直接"问斩"了事。

开会时，很多人都会觉得无聊，忍不住打瞌睡。因为打瞌睡被当众批评、"问斩"的也大有人在，如本文中的小田。于是，打瞌睡成为一些人开会时想做又不敢做的事情。

如果你是小田，怎么避免因打瞌睡被"问斩"呢？一个经常开会的老员工告诉了我一些经验：

1. 开会打瞌睡，要保持开会的姿势，手拿材料，侧着耳朵，用眼镜框遮住闭上的眼睛（倘若你有眼镜框的话），这样就不易露出破绽。

2. 开会打瞌睡的最高境界是不打呼噜，而且能跟随会议的节奏睡觉，该鼓掌的时候鼓掌，到散会的时候立马起身。

3. 平时工作，特别是在领导面前，要养成眯缝眼、常点头的习惯，这样，你开会时再眯缝眼、常点头，领导会认为你在听会，而不是打瞌睡。

4. 手里拿着笔，将笔记本放到腿上，睡一小会儿，再用笔写写画画一小会儿，装作认真记笔记的样子。

5. 开会时，可以戴副变色镜，让领导看不清你的眼睛。这样，就可以在打瞌睡时不被发现。

以上几条，技术要求很高，最好不用。因为会场是正式的场合，肯定是有重要的事情，领导都在，所以不打瞌睡才是最好的做法。

要想避免开会打瞌睡，就要注意以下几点：

1. 开会前一天晚上别睡太晚，早点儿休息，保证充足的睡眠。

2. 困了可以去洗手间洗把脸，或者喝杯冷水、热咖啡提下神。

3. 提前准备一张方形的纸，犯困时，可用笔在纸上划25个方形格，也就是横5栏、纵5栏。接下来，可以边听会，边把听到的关键词填在格中，如胜利、创新、期待等，填完便把相应的那格涂黑。这样，就可以避免打瞌睡，还能给领导留下好印象。

第十章
商务会议——定位你的圈子，设计你的人脉

人脉是一个人通往财富、成功的入场券。身在职场，能否成功，不在于你知道什么（what you know），而在于你认识谁（whom you know）。而积累人脉的好地方就是会场，特别是一些商务会议。

会场就是一个圈子场，由圈子优先掌握的机密信息，不仅会让你的同事朋友对你刮目相看，更有可能给你带来事业上的发展契机。

你的人脉存折里有多少积蓄？

在我的老同学中，小张算是出人头地的一个。小张25岁那年进入北京一家文化公司，从一名普通员工干到公司的副总经理，他仅用了五年时间。

一天，春风得意的他请同学吃饭，几个学历都比他高的同学问他是如何在职场上一路高升的，升职的秘诀是什么。

小张给他们的只有两个字："人脉！"

"人在职场混，必须有丰富的人脉资源！信息与人脉都是一种竞争力。"小张如此说道。

"如何积累丰富的人脉资源呢？"

借着酒劲儿，小张给我们透露了他的人脉拓展秘诀。

人脉是需要设计的，要先定位一个圈子，进入一个圈子，然后不断扩大自己的圈子！我第一个圈子，是"好同事"圈子。

进公司后，我从侧面了解到，一个同事是公司董事长的侄子，还有很多同事都是董事长的亲戚。我就设法与董事长的侄子套磁，开会时坐在他身边，中间休息的时候跟他搭讪。会后呢，约他去吃饭，主动埋单。

如此几次，自然就熟络起来。礼尚往来，这哥们儿也时不时请我吃饭。有一次他过生日，也叫上了我。参加他生日聚会的，多是董事长的亲戚。通过生日聚会，我又结识了董事长的其他亲戚，慢慢地我融入了董事长的"亲戚圈"。

在维护这个圈子的同时，我也在设法融入其他圈子，比如参加公司的洽谈会时，主动找客户聊天，请他们吃饭，让客户对自己产生好感。那些对我有好感的客户不断介绍新朋友给我认识。慢慢地，我又融入了客户的朋友圈、同学圈！

进公司的第二年，董事长的侄子升任部门经理。有一次公司开中层管理人员会议，经理带我列席会议。董事长为会议主持人，议题是是否接一家公司的合作项目。

开会时，董事长用质疑的眼光看了我一眼，想说什么但又没说。我能明白他的意思，他的意思是："这个人是圈外人吧？算了，还是让他待在这儿吧！"会议快结束时，董事长谈及公司的人事调整，以及近期承接的或要承接的一些项目，其中有一个大的广告项目。

我动用董事长的"亲戚圈"关系，成了这个广告项目的负责人，又凭借丰富的客户资源，成功地完成了这个项目，在公司崭露头角，让公司高层对我刮目相看。

后来，我的部门经理升为副总经理，我顺理成章地成为了部门经理。再后来，又成为这家公司的副总经理，而且成为股东之一，尽管只拥有5%的股份，可每年都有100多万元的分红。

从一名学历不高的普通员工跻身公司高管层，小张可谓是职场上的一个传奇。成就这个传奇的，除了小张自身努力拼搏，关键因素就是他拥有丰富的人脉资源。

人脉即朋友，即圈子，即财路。可以说，人脉、圈子是一个人通往财富、成功的入场券。100多年前，胡雪岩因为擅长经营人脉，从一个倒夜壶的小人物，翻身成为清朝的红顶商人。

很多人也想拥有一本雄厚的"人脉存折"，却苦无良方。其实，积累人脉并不难。

1. 不要总是围着小圈转

感觉积累人脉难，你要审视一下自己，是否只是围着上司或同事转。

如果是，那么你要另外建立一个人脉圈。

2. 多认识新朋友，不忘记老朋友

去参加会议是难得的结识新朋友的机会。聪明的上班族应该多开会，并设法结识其他部门或其他单位的与会者。

比如你是销售人员，就要多参加一些商务洽谈会、晚会，多认识客户，成为他们圈子中的人。

结识新朋友的同时，也要维护好原来的人际关系，不能捡了芝麻，丢了西瓜。

3. 抓住难得的机会

要珍惜陪上司、老板、同事开会和出差的机会，见缝插针地与他们聊天，这是强化你人脉的绝佳良机，一定要抓住。

4. 自己强大，吸引人脉

人都喜欢与能力强的人做朋友，你的能力越强，在圈子里的知名度与美誉度越高，别人就越愿意主动与你交往。所以，要想有丰富的人脉资源，必须不断提升自己，让自己越来越强大，吸引他人，否则你就算进入了圈子，也待不长久。

5. 滚雪球策略

进入一个圈子，就一定要精心策划，维系好你的关系，继续拓展，让你朋友的朋友，朋友的朋友的朋友，都成为你的朋友，雪球越滚越大，你的财路也就越来越广。

跟资深人士必学的那些人脉"设计术"

小陈是北京一家地产公司的销售员，也是一名有着丰富人脉的销售员。他的朋友很多，形形色色，既有寻常百姓，又有商界精英，也有一些高官达人。他融入的圈子也很多，既有同事圈子，也有同行圈子，还有一些老客户介绍的圈子。

关系就是润滑剂，关系就是效率，凭借多年积累的人脉，他总能完成公司交给他的销售任务。

最近，公司新进了一批销售员，人事部经理召集会议，对新人进行培训，并让小陈在会上发言，给新人传授如何拓展人脉关系。

小陈是这样说的："作为销售员，要想积累人脉没什么秘诀可言：一是想结识他人的欲望，如果没有欲望，自然就不会迈出第一步。二是要多参加一些商务会议，招待会、洽谈会之类的，在这些会议中，你会遇到一些重要客户。三是不要错过一些会议后的饭局、酒会、晚宴，你可以借此与重要人物拉近距离！最重要的是，不管参加什么样的会议，在什么样的场合，要善于设计自己的人脉与圈子，精通一些技巧。"

"那么如何设计自己的人脉与圈子呢？"有新人问。

小陈看了一眼那个新人，娓娓道来："作为销售员，我们的工作无非找客户，要实现这个目的，首先我们要明确自己的方向与目标，然后与客户建立关系。关系是第一位的，比产品和服务本身都要重要。有人说客户就那么几个人，转来转去都是那个小圈子。可是换一个思路，你

155

就会发现，客户之间其实有很大的重复和关联。每个客户都有自己的人脉圈子，关键看你是否能让客户介绍他的那个圈子给你……"

会后第二天，小陈带新人们去参加了一个商务会议，现场教学。他在这个会议是怎么做的呢？

1. 提前入场，在众人面前亮相，交换名片

对于很多商务人士来说，参加洽谈会、展览会等商务会议，提早到现场，就给自己提供了结识更多陌生人的机会。

深谙此道的小陈，那天带新人们提前半个小时进入了会场。遇到认识的人，他面带微笑，热情地与人打招呼。不认识的人，他主动上前搭讪，介绍自己的名字，递上名片。

2. 提前了解哪些重要人物会参会

在会场上，不要花太多时间跟熟悉的人在一起，而要用更多的时间结识那些不熟悉的人，了解哪些重要人物会来参加会议。这样，与他们搭讪时，就能轻松叫出他们的名字，减少他们对你的陌生感。

3. 会场积极发言，让别人记住他

在会场上，你想让别人记住你吗？那么，你要记住，在会场积极发言，就是让别人记住你的最佳方式。

开会过程中，当会议主持人问谁有话说时，小陈站起来主动发言，他的发言模式是：先感谢主持人给自己发言的平台，然后谈下自己的想法，这个"想法"则是对其他发言人的补充与完善，甚至有所创新，这就给所有开会的人留下了深刻印象。

4. 中间休息的时候，主动与重要人物搭讪

对于有心人，开会的间隙是个天赐的交流机会，绝对不能放过。

这天，会议中间休息的时候，一些人走向重要人物，小陈也挤进人群，与重要人物打招呼。打招呼时，小陈先说"×总好"，再简单地介绍一下自己，"我是某某公司的陈小亮"，然后拍一下马屁，如"你刚才讲的如何开发新客户的经验，让我受益匪浅啊"。每当陈小亮如此夸奖老总时，这些老总都面带微笑。

5. 借饭局与大客户拉近距离

由于会议要开一天，所以会议主办方中午在一家酒店设了饭局。就餐时，饭桌没有设固定座位，陈小亮就一屁股坐在了一个潜在大客户身边。不过，他与客户交谈时，只谈自己做销售员的体会。之所以这样做，他是想与对方熟悉后慢慢再说，不是现在就让客户帮自己一把。所谓放长线钓大鱼，不急在一时，只要跟客户拉上了关系，那就不怕以后没机会。

而且还有一个重要的问题，就是客户也是人，会累会烦，也不想一天二十四小时都谈工作，所以就算你要搭讪，想跟客户合作，也要看时机，不要挑客户想休息放松的时候谈生意，惹人生厌。惹人生厌，自然就不会有后续。

小贴士

会场是一个拓展人脉圈子的好地方，但并不是每一个人都能在会场上如鱼得水，特别是一些职场新人，如果想在会场上积累人脉，需要多向资深人士学习。

❶ 会场上，不论在会议开始之前或会中休息时，应该学会见缝插针，与别人主动搭讪、套磁。

❷ 发言是让别人记住你的最简单有效的方式之一，如果有发言机会，一定不要放过。

❸ 会议开得时间长，如果中间有饭局或开完会后聚餐，一定要设法借机与重要人物拉近距离。

小名片，大招牌，善用名片，你就是会场达人

老黄是南宁一家律师事务所的律师。他不仅是事务所的顶梁柱，在业内也鼎鼎有名。

最近，在上海有一个行业交流会，公司派老黄与同事小郑去参会。临行前，主任语重心长地对小郑说："老黄可是会议达人，你这次跟他去，一定要多学习！"

其实，即使主任不叮嘱自己，小郑也是抱着学习的态度参加这个会议的。

到上海的第二天，会议开始了。那天，老黄带着小郑提前到了会场。

小郑发现，老黄只要遇到不认识的人，就会主动上前问好，递给人家名片。

在递名片的时候，他非常礼貌地对人家说："您好，我是黄强，这是我的名片，很高兴认识你！"对方接过名片后，通常会向黄强递上自己的名片，此时，黄强会毕恭毕敬地接过人家的名片，对人家说"谢谢"。

让小郑不解的是，老黄不仅把名片给那些重要人物，还给普通的与会人员。

看小郑一脸的狐疑，老黄笑呵呵地道："给他人名片，就像农民在播种，种子播得越多，收获就越大！"

听老黄如此说，小郑露出原来如此的表情，马上有样学样，给与会

者来了个"天女散花"。慢慢地，小郑手上也多了很多别人递来的名片。

这次开会，小郑与好多人互换了名片，原以为回公司后，很多人会主动联系他。可让他没想到的是，老黄办公桌上的电话铃声此起彼伏，自己办公桌上的电话却是一片死寂。

见此，他再一次请教老黄，老黄告诉他："其实你理解错了，给我打电话的，多是正常的业务沟通，这次新结识的人打来电话的并不多。虽然我在会上收了很多名片，但要想借开会结识更多朋友，就要做足会下功夫，开完会后好好整理一下这些名片，主动联系人家，而不是等着人家联系你。我建议你照我说的去试试看，千万不要坐等人家给你打电话。"

经常参加会议，免不了要与他人交换名片，对于如何交换名片，很多人耳熟能详。给他人递名片时，一定要用双手拇指和食指执名片两角，让文字正面朝向对方。接名片时要用双手接，并认真看一遍上面的内容。如果接下来与对方聊天，不要将名片收起来，而是要将名片放在桌子上，并保证不被其他东西压住。

但提及如何管理名片，很多人可能一头雾水，一大堆名片就那样躺在抽屉里，等于作废。

刘经理是上海一家猎头公司人事部的经理，是一位擅长管理名片的会场达人，他有着丰富的名片管理经验。他认为，管理名片，可以按照下面的流程来做，效果很不错。

第一步：回忆

商务会议结束后，要回忆一下你刚刚认识的重要人物，记住他的姓名、企业、职务等重要信息。

第二步：名片整理

对收集的名片进行分类管理。你可以按地域分类，比如按省份、城市，也可以按行业分类，还可以按人脉资源的性质分类，比如客户、专家、同行等。

第三步：保存

将名片上的相关信息，加上你观察到对方的特长、爱好等关键信息，在电脑中设一个文档，为自己建一个人脉数据库。这个数据库的人都是你的人脉，说不定哪天就能派上用场。

建人脉数据库还有一个好处，就是你可以经常打开你的人脉数据库进行整理，比如按照籍贯、爱好、公司进行排序分类，你可以据此选择一个合适的时间，组织一场聚会。

另外，建数据库还可以防止因为名片丢失而与对方失去联系。有了这个数据库，你就可以高枕无忧了。

第四步：与名片主人建立联系

开完会几天后，主动打个电话或发个电子邮件，向对方表示很高兴认识对方，或者适当赞美对方的某个方面，或者回忆你们愉快的聚会细节，或向对方表示希望有机会合作，从而让对方加深对你的印象和了解。

以后只要有时间，你可以用电话、电子邮件、QQ、MSN等，多与对方联系。对方生日的时候，送个小礼物给他；结婚的时候，去随个份子；生病的时候，拎着水果去看一下。所谓精诚所至，金石为开，再冷漠的人，只要你长时间联系他，他也会拿你当朋友的。

第五步：定期对名片进行清理

作为商务人员，参加的商务会议越多，收集的名片就越多。这就需要定期清理，没必要保存的名片可以扔掉。

什么样的名片保存，什么样的名片扔掉？通常可根据关联性、重要性、长期互动与使用机率、数据的完整性，将名片分成三大类：

第一类，是需要长期保留的重要名片；

第二类，是暂时保留的名片；

第三类，是确定要立即销毁或扔掉的名片。

第十一章
事业单位开会，参透潜规则是王道

　　相比企业，事业单位开会的规矩更多，而且很多规则秘而不宣，不能言传，只能意会。例如，开会入场也要论资而入，发言是按官职大小顺序排序；普通员工开会必须关手机调静音，各级领导各有不同。这些不是规则的规则，其实就是事业单位开会的会议潜规则。如果不懂这些潜规则，不按这些游戏规则在会场上行事，你有可能在会场上被当众问斩，甚至不知如何死掉的。

领导开会，秘书如何当好配角

上周，Sidney（悉尼）陪他公司的领导去美国考察。Sidney在北京某事业单位工作，职位是总经理秘书。由于工作需要，他经常陪领导去国外学习考察，而且每次考察回来，领导都会给大家开个会，说一下自己在国外考察的心得、感悟什么的。

每当领导召集会议，Sidney总要加班加点地写会议稿，尽管他十分用心，领导对稿子还是偶有不满。但这种情况Sidney觉得正常，只要自己写的稿子不让领导出洋相，那一切就好说了——领导的前一任秘书，貌似就是因为写的稿子让领导丢了面子，于是丢了饭碗。

据说，那次是领导出国考察没带秘书，所以，秘书不知他具体去了哪些国家，见领导工作比较忙，又不好意思问，就随意在网上搜集了一些资料，然后给领导写了一篇发言稿。

领导工作忙，事先也没看秘书写的稿子，开会时就照本宣科。可领导读了几句话，就觉得不对劲儿："我这次去学习人家的教育经验，怎么扯到了环保上！这不是满嘴跑火车吗？真是不靠谱儿！"台下的秘书见领导越来越气愤，就感觉大事不好。

幸好，领导随机应变，发现秘书准备的稿子有问题后，就将稿子扔到一边，干脆来了个即兴演讲。

那次会议不久，那个倒霉的秘书就被调走了。

有了前车之鉴，Sidney在领导面前行事愈加小心，只要领导对初稿不甚满意，他都会改得漂漂亮亮的，争取二稿时通过。

几年后，Sidney被领导重用，升为办公室主任。有人问他其中的奥妙，Sidney一语道破天机："无论何时，秘书都要做领导的配角，即使你的水平、才能与领导一样高，也要甘当配角，心甘情愿地为领导服务。"

现代职场中，不管在办公室，还是在会场上，秘书的作用都极其重要，要做很多细小而繁杂的工作，要给领导写发言稿，充当主持人，还要身兼会议记录员等。

秘书身兼数职，可谓要务在身，但即使负责的工作再多，在领导面前也要保持低调。

1. 清楚自己所扮演的角色

身为秘书，一定要搞明白自己在会场上的角色是配角不是主角，开会时，一定要记得保持低调，无论言行或举止，都不能抢领导的风头。

2. 帮领导写的发言稿不能尽善尽美

会前，很多秘书要为领导准备发言稿，给领导写的发言稿一定要留有缺憾，哪怕是故意写错几个字也可以。给领导留下修改的余地，就等于给领导留下表现自己聪明才智的机会。

当然，给领导写稿子，还要看领导喜欢什么风格的稿子，如果领导喜欢在会场多表现自己的话，就给他一份冗长的发言稿；他喜欢直截了当，就给他一份简短有力的演讲稿。

不管你写的稿子是何种风格，要注意的是：事先让领导熟悉一下，给某些生僻字标上拼音。作为秘书，你考虑得越周到，就越能避免领导在开会时出洋相。

3. 合理安排领导的日程

作为秘书，当你的领导会议较多时，你要预先提醒他以下内容：开会的时间、地点、议题、参会人员、持续时间……如果你与领导不在同一个地方，就打电话提醒他，并发信息罗列要点，这样就能让他做到胸有成竹了。

4. 在会场上要善于察言观色

在会场上，秘书要认真听领导的发言，并做好记录，同时，要懂得适时带头鼓掌。

5. 别小看会议的细节

有领导们参加的会议，秘书一定要做好细节工作，就拿安排座位来说，一定要多加小心，要知道，领导们对于开会时的坐次是相当讲究的。基本上，各个会议都要按职位高低排列，如果会议规模大，参会单位和领导多，秘书不知如何排座位，就要打电话、查资料，或向资深秘书、同事等问个究竟，千万不要自以为是。否则，你的职场前程就会毁在这个细节上。

在会场上，秘书要永远扮演配角，但由于有时他身兼数职，既需要在会前准备领导的发言稿，又要准备会议中的必需品，如会议材料、纸、笔等，并要在会议期间端茶倒水、做好记录，常常是琐事缠身。即使如此，秘书也要兢兢业业，做好职责以内的工作。

别小看会场上随意说话的人

老王在上海某杂志社工作，是一个资深编辑。上个月编辑部来了一个新人，这小伙子姓温，研究生学历，长得一副敦厚的样子。

小温进杂志社一个多月，工作积极性很高，但为人处世方面却欠缺火候，甚至有些不懂人情世故。一次编辑部开会，老王看他在玩手机，就好意提醒他："小温，开会前还是把手机关了的好。"

没想到，小温却生硬地回了老王一句："小马不是也在玩手机，还随意说话，你怎么不去提醒他？"

"你……"老王本是好意，却没想到热脸贴上了冷屁股，一时间，老王无语了，决定再也不管这年轻人的事。

这天，主任召集大家开一个选题讨论会，小温又玩手机。由于上一期的杂志，一个编辑不小心将卷首语的作者名字搞错了，害得主任被总编狠狠批评，主任心里正不爽呢！

偏偏小温不识相地玩手机，这让主任更是气不打一处来，于是，就在会场上对小温点名批评，并给予降薪处分。

一听要给自己处分，小温不服气地争论道："小马开会也玩手机、搞小动作，经常与他人聊天，为什么你不批评他？我玩手机，你却降薪！这太不公平了！不用降薪，我现在就辞职！"

小温一气之下就辞了职。不过，离公司前，他请老王出去吃了顿饭。席间，老王推心置腹地对小温说："小温，以后到新单位，别再犯二了！"

"老王，我怎么犯二了？"

"你最犯二的事，就是职场定位错误，把自己与小马相提并论。你这样是小瞧了他，抬高了自己。人家什么来头，总编都不敢招惹，主任又怎么敢招惹他？他心里再不爽也没那个胆。而你就不同了，主任心里不爽，你又撞到枪口上，不拿你开刀才怪呢！"

作为一个频繁出入各类会议的人，我曾经在一个级别较高的会议中遇到一个十分不讲规则的人。那次会议要求所有参会人员提前15分钟进场，但那人却迟到了10分钟。

不仅如此，进会场后没多久，他就开始打电话，而且仿佛怕对方听不清，声音非常大。

"这是公共场合，你以为在自家后院呢，这么大声，一点儿素质都没有！"听他没完没了地打电话，我心里气不过，但还是保持了沉默。以我的经验来看，这人之所以如此肆无忌惮，肯定有原因的。

1. 他可能是上级主管单位的人

这种人可能是上级主管单位的人，因此，其他与会者就当他说话是空气好了。

2. 他也许是领导

开会时，并不是所有的领导都坐到主席台上去，也并不是所有的领导都喜欢向前坐。万一哪个领导坐在会议室后面打电话，而你去制止他，那不是当众不给领导面子吗？

事业单位开会如何坐，学问大着呢！

我曾经在某机械局工作过一段时间，记得有一年，单位来了一个女大学生安妮。安妮是哈尔滨某大学的高才生，梦想是成就一番卓越的事业，可这位高才生一进职场就有很多不适，特别是对局里的会议文化，明显"水土不服"。

周三下午，局里开会。但到开会的时间了，开会的人们还是没到齐，而且先来的人都坐在后面。主持会议的赵局长就生气了："坐那么远干什么，怕领导吃了你？以后开会，大家不要往后排坐，坐在后排能听清会议内容吗？现在，大家往前排坐；一会儿开会迟到的来了，都要坐到中间靠前的位置……简直太不像话了！"

听赵局长如此说，大家开始向前坐，但就是没一个人去前三排坐。大家刚坐定，安妮就进了会场，左右前后看了一下，径直向会场后走去，一屁股就坐到了没人坐的后排中的一个座位上。

见此，赵局长马上拉长了脸，但没作声。过了一会儿，见安妮依然稳稳坐在后排，赵局长就点名道："安妮，往前排坐！尽量往前坐！"

安妮一听赵局长点了自己的大名，而且脸拉得比驴脸都长，就赶紧站起来，走向前排。可坐哪排呢？安妮一想局长不是说尽量向前坐吗，于是，她就在第一排找了一个座位坐下去。

安妮坐定，抬头，看了看赵局长，见赵局长脸上依然没有一丝笑意。自己是不是又坐错了？

正不知所措间，王主任来了，一屁股坐在了安妮一边。王主任坐下的第一句话就是："安妮，你怎么坐这里了？"

"嘿嘿，王主任，我坐这里刚好！"

一听此话，王主任如同见了外星人一样打量着她。这让安妮又不知如何是好了。

还好，不一会儿，同一办公室的资深同事紫嫣风风火火地进了会场，见安妮坐在前排正犯难，而且局长脸色不好看，就对安妮招了招手。安妮就坡下驴，跟着紫嫣奔向第四排的两个空座。

相比民营企业，机关事业单位开会在座位细节方面讲究就更多了，所以，更不能随意找一个座位就坐下去。

1. 如果是小型会议，不设主席台，领导们会严格按职务等级高低，从对着门的上座向两边散开。普通与会者去开会时，一定要搞清楚各位领导坐在哪里，千万不要坐了领导的位子，否则情况会非常糟糕。领导可能表面上没说什么，但他们心里认为，你是一个"不懂事"的人，你已经没有晋升提拔的机会了。

2. 事业单位或机关开会时，很多人为在领导们表现自己，尽量向前坐，甚至会选择坐在前三排。如果没有人安排你的话，你最好不要坐在前三排。因为在一些大型会议上，除了主席台，通常前三排的位子是最重要的，可以说是中层干部的固有领地。

有人安排你坐在那里的话，意味着你的仕途上又前进了一步。反之，你贸然坐在那里，会有同事这样想：你都不知自己的位子在哪里，你又怎么在单位混？这样，你就成为众矢之，嘲笑你的大有人在，轻视你的人也不在少数。

3. 如果你有晋升或加薪的梦想，前三排有空座，你又有超强心理承受能力，不怕同事说三道四的话，那么，你可以坐前三排。前三排居于承上启下的位置，是表现自己的最好位置。

4. 很多人认为，开会坐前排就是讨好领导，想引起领导的注意，为了不让同事误解，就索性坐到了后面。可是如果前面的座位稀稀拉拉，十分空旷，后排人潮如涌的话，就容易给领导下属故意架空自己的印象，可见后排也是"雷区"。

5. 在会场上，第四排向后的几排位置是中间地带。如果你是机关新人，或不像其他同事那样一直野心勃勃，那么，你可以选择中间地带。在这里你可以观察到会生百态。比如，有人塌肩缩脖地打盹儿，有人在交流昨天买的衣服怎样怎样，有人在玩手机，有人一副百无聊赖的样子。对于新人来说，这里是比较有安全感的地带。

小贴士

机关或事业单位开会，同样要注意座位问题。

❶ 事业单位或机关开会，亦需要对号入座，普通与会者去开会时，一定要搞清楚各位领导坐在哪里，千万不要坐了各位领导的位子。

❷ 前三排是中层领导固有地带，轻易不要坐。如果你野心勃勃，倒是可以尝试坐在前三排。

❸ 会场上，最享受的肯定是后三排，可后三排也有可能变成雷区，所以，提前坐在后四排、后五排、后六排是最佳选择。

下篇

—— **实战篇** ——

第十二章
主持会议是技术，更是一门艺术

　　一个会议是否能开得高效，除了要运用一些会议技巧外，还要有一个十分给力的优秀主持人。在会场上，主持人一定要清楚自己的角色：是引导者，而不是裁判官。

　　会议主持人始终要保持冷静、清醒的头脑，要善于鼓励、引导与会者发言，并严格控制议程，如果发现有人发言跑题，就要设法引导发言者回到正题上。当会场出现纠纷，或有不同建议，会议主持人要及时协调、果断处理，保证会议开得圆满成功。

会议主持人是引导者，不是裁判官

在会场上，除了坐在主席台的领导，最吸引人眼球的就是会议主持人了。他们或站在台下，或站在一侧，俨然一副掌控大局、运筹帷幄的样子。不过，真的要把会议主持好，对任何一个主持人来说都是一场挑战，这既需要尽心尽力地扮演好引导者的角色，又需要一流的控场能力与应变能力。

陶小姐是某旅游局的办公室主任，昨天领导通知她，下周四要开一个有50人左右参加的项目会议，由她来做筹备、主持工作。

接到通知后，陶小姐就开始算筹备时间："今天是周三，项目会议是在下周四召开，把休息日都算进去，还有7天筹备时间！"而筹备如此规模的会议通常是用半个月左右的时间。

时间如此紧张，她赶紧忙活开了。可她忙而不乱，做起事来有条不紊。首先，她先去与她的顶头上司——主管具体工作的领导沟通，了解召集这个会议的目的。

之后，她用了2天的时间拟定参会人员名单、发言名单、会议通知书、会场布置文案等，并将拟好的相关资料交与领导过目，并请求领导在1天内提出建议，进行沟通。

领导看过她拟好的相关资料，只是稍提了下建议，她用了2小时修改资料，再交领导过目，领导很快签字，让她按此方案执行……

那次会议进行得很顺利，开得很圆满。在短时间内召集如此成功的会议有两个关键因素：一是准备充分；二是主持人掌控得力，在会议快结束时，陶小姐做了十分简洁生动的总结，确切地说是把领导与同事的发言做了归纳与总结，这等于把十分复杂的问题进行了条理化，领导十分高兴。

作为会议主持人，一定要清楚自己在会场上扮演的角色，自己不是裁判官，是引导者，自己的责任是引导会议按议程顺利进行，又要根据会议进程和实际情况灵活掌控。

至于如何灵活掌控，则要视会议的性质与规模而定。不过，会议主持人要想轻松驾驭会场，必须有一个强大的气场，所以，会议主持人在主持会议时必须注意以下几点：

1. 闪亮出场，举止大方

会议主持者一定要有良好的形象，除着装整洁、打扮得体外，还要注意谈吐高雅，神情泰然自若，举止大方，要让与会者眼前一亮，赏心悦目。

同时，在主持会议的过程中，一定要避免一些小动作，如推眼镜、搔头、抖腿等不雅小动作。这些小动作既影响形象，又会分散与会者的注意力，影响会场气氛。

2. 严格执行会议流程

主持会议时，应严格按照议程来主持，控制好会议时间、进程，不仅要准时召开会议，而且要准时散会。如果因某个领导迟到而导致会议延长或推迟，最好不要超过10分钟，并要向参会人员说明情况，致以歉意。

3. 要善于引导与会人员

始终保持冷静、清醒的头脑，时时关注主席台和发言者，以及台下的参会人员。

尽量让自己主持的会议既放得开，又不偏离主题，最好是不断引导与会者始终围绕会议议题进行讨论。

如果发现有人发言跑题，或台下有人打瞌睡、聊天，就要设法引导发言者回到议题上来，引导与会人员集中精神听会。

4. 有非凡的应变能力

作为会议主持人，要善于处理会场的一些突发事件，如麦克风突然坏了，或领导讲话卡壳了等情形。

非凡的应变能力是一个优秀的主持人的必备条件。

5. 要有处理异议的能力

主持会议时，如遇到老板不满意某位同事的观点，或有人提出不同看法，主持人要妥善处理，想办法打圆场，确保会议继续进行。

处理异议时，不要使用批评性的语言，而是尽量站在他人角度思考问题，用一些沟通技巧来说服他人。比如绕个弯子，从侧面说服他们。

当然，主持人也可以先跳开有争议的话题，选择有趣的或争议较小的议题，引导与会者进行讨论。

主持人：开场白出色很重要

前不久，南京某传媒学院召集了一个出版会议，并请到了著名的出版家做报告。通常主持人在开场时都是如此介绍出版家的：姓名，职位，获得哪些奖励、殊荣等。

最初，这次会议的主持人也想按此常规形式介绍，可担心如此介绍不给力。于是，他决定换一个方法，抛砖引玉，先讲故事，再正式介绍。

这个主持人是如此声情并茂地讲故事的：

××年前的一个春天，在北京大学的一个会议室中正举行着一场脍炙人口的讲座。主讲人认为，一流人才当作家，二流人才当学者，三流人才当编辑。对于主讲人的观点，台下的一位青年学子难以接受，严重质疑，并立下了一个远大理想——今后成为一名大出版家。这位学子是谁呢？他就是我们今天的贵宾，著名出版家、社会学家、上海某出版社的张社长。让我们以热烈的掌声欢迎张社长……

主持人的话音刚落地，会场中立马响起热烈的掌声，与会者都是一脸期待的神情。

当会场响起热烈的掌声，与会者流露出期待的神情时，意味着主持人的开场白十分成功。这个开场白的成功之处在于它藏有很多语言技巧。

1. 一简：简单介绍

这次的开场白主持人只用了100多字，并且将介绍的内容浓缩为"两个家"：一是出版家，一是社会学家。如此归纳总结，就易让与会者记住他。

2. 二活：活用故事做引子

在介绍形式上，不直截了当介绍，而是用讲故事的方式引出人物，非常灵活。这样，就容易吸引台下的观众，让他们竖起耳朵听。

开会时，很多主持人在介绍主讲人时，很喜欢夸夸其谈，如"最最著名""国际大师"等大而空的词汇。如果掌握一些技巧，言之有物，就能以别具一格的方式让主讲人闪亮出场。

开会时，主持人如何让主讲人闪亮出场，让自己的开场白特别出彩呢？这需要先弄清楚开场白的功能，然后好好设计开场白。

1. 要清楚开场白的功能

一个会议的开场白应该具有两大功能：一是建立说者与听者的同感；二是要打开局面，引入正题。要实现开场白的这两大功能，主持人就要根据演讲人讲话的内容、特点、会议要求、听众情绪、会场情况等具体方面，来灵活地设计开场白。

2. 开场白要幽默风趣

幽默风趣的开场白既能吸引与会者，又能让与会者在会心一笑中受益匪浅。一个简单有效的方法是巧妙使用幽默语言，还有就是注意使用连接词，如"虽然……但是……""如果……那么……"等，把你的发言通过"起、承、转、合"组织成一个有机整体。

3. 开场介绍他人时，要善于抓住亮点

开场白除要幽默风趣，还应该突出被介绍人的闪光点。如何发掘闪光

点？一是可以网上搜索，了解这个人的基本情况；二是可以参考相关媒体的采访。媒体的采访一般都有生动的故事、精彩的比喻，这些都是最给力的参考资料。

4. 事先与被介绍人沟通

时间允许的话，开会前，主持人可以与被介绍人稍稍聊会儿天，沟通一下，了解对方要讲的内容和乐于介绍的内容。对于他乐于介绍的内容，可以挑一些重点着重介绍。

5. 台下功夫要做好

要想自己的开场白出彩，主持人既要使用幽默风趣的串场词，又要让自己的发言流光溢彩，这样才能把发言像穿珍珠一样穿起来。

要做到这一点，主持人平时就要多读书，多听多看一些演讲类节目，并从中汲取一些精彩的词句，记在笔记本中。多读多记，主持会议时，自然就能信手拈来，恰到好处。

主持会议说得好，不如说得巧、问得好

北京某建筑公司工程部的小刘因为专业能力突出，最近被提拔为部门副经理。由于部门要接一个新项目，公司总经理决定召集各部门经理开会，研究一下这个项目，并要求小刘主持会议。

小刘一听老总让她主持会议，就有些紧张了。因为她一直在做技术工作，对主持方面的礼仪基本是两眼一抹黑——什么都不知道。

在主持会议时，像小刘这样初次主持会议的人，要注意哪些技巧呢？一般来说，主持人要十分清楚会议的目标、议题、议程，这就需要主持人开会前做一些准备工作，多花时间了解。

在开会的过程中，主持人也要注意谈吐，做到收放自如。

1．一定要注意口齿清楚，简明扼要。

2．主持人的工作是维持会场秩序，控制会议节奏和落实会议程序。在会场上，主持人一定要清楚自己的角色是配角而不是主角，所以，要少发言，尽量鼓励与会者发言。

主持人在主持会议时还要注意：

1．主持人要会用探询的语气说话，这是一个很重要的主持技巧。

要知道，很多发言者发言是不过大脑的，或过于激动，或表达能力欠佳，讲一个问题却讲不出结果，这会让其他与会者如坠云里雾里。此时，主持人要了解他的真实意见，可以如此沟通："那结果怎么样呢？""你能再给我们讲清楚一点儿吗？"

当发言者进一步说明之后，主持人要做一下呼应或确认，比如说："我总算明白了你的意思。"或"我认为问题是……"如此，一个完整的沟通过程才算完成。

2. 在会议进程中，主持人要把大家的意见总结归纳一下。如何将与会者零散的发言总结起来呢？这也需要一些技巧。一是会开到一个阶段，就要进行总结。可以如此总结道："刚才大家讨论得非常好，我来总结一下，你们说的第一点……第二点……第三点……"

进行阶段性总结，最好是将发言者思想按照层次逐级归纳，从低到高，进行总结。

除进行阶段性总结外，在会议结束时也要做一下总结。此时，可对全体发言者进行总结，而且要条理清晰，让与会者一目了然。当然，如果需要，每个人发言结束后，主持人也可以对其发言进行总结。

除了要会用探询的语气说话，在主持会议时，主持人也要运用一些发问技巧，引导会议不断出现高潮，避免冷场。

1. 激将法

发现会议气氛沉闷时，主持人要善于提问，用激将法积极引导与会者发言，如："这位美女，您今天一言不发，看来是想'惜字如金'！"旁边可能会有人搭茬儿："小张向来能说会道，口吐莲花，今天怎么会甘于寂寞呢？"这样一激，小张也许就会慷慨陈词一番呢。

2. 因势利导法

会场上无人发言，主持人要因势利导。例如，引导大家针对一个问题深入讨论，可以这样说："小刘，我认为这个案子不错，但这个案子的重点，是不是需要调整？大家对此讨论一下吧！"如此既鼓励了小刘发言，又给大家指明了讨论的方向，讨论就此深入展开。

3. 逆向思维法

发现有些冷场，可用逆向思维法提问，会有出其不意的效果，例如："关于上班迟到的这个问题，假如我们反过来从公司利益的角度来看呢？它会给公司造成多少损失呢？"

会议气氛沉闷时，怎么办？最给力的方法是：主持人既要带头发言，为他人做好铺垫，又要语气自然、平易近人，或用非常诙谐的言语引导他人发言。如："各位，我先说一下我对这个问题的看法，并希望大家提出不同的见解。"

4. 层层设问法

开会时，主持人可以层层设问，启迪与会者进行思考，借助"头脑风暴"激励与会者发言，这样既能倾听与会者的心声，又可以避免会议开得太无聊。

小贴士

要想自己主持的会议有一个良好的氛围，人人争相发言，积极参与，在主持会议时就要会说，而且要善于发问。

❶ 主持人在主持会议时，注意运用一些谈吐技巧，注意措辞，要长话短说，谈吐要诙谐，不时引导、鼓励他人发言，这样就可避免会议因无人发言而冷场。

❷ 无人发言时，主持人要善于提问，如用激将法、因势利导法、逆向思维法、层层设问法引导与会者发言，从而活跃会场气氛。

发言人跑题，主持人直接叫停还是暗示?

北京某管理学院组织了一个企业管理论坛，并邀请我参加。这是一个高规格的会议，所以我欣然前往。

可让我大跌眼镜的是，如此高规格的会议，竟然有发言者跑题!

这次论坛的议题是: 政策领域研究与企业战略发展方向。

会议议程: 有2位院长、6位企业家先后发言，每人用5分钟阐述观点，集体讨论时间为20分钟，此后还有观众提问与互动等环节。

首先上台发言的是会议主办方代表——管理学院院长。这位东道主一开口，却让人感觉气氛不对: "各位来宾，各位与会人员，大家好，作为这次会议的主办方，首先，我对各位的到来表示欢迎；再就是，各位中有很多都是老朋友了，开会时别太紧张，大家随意一些!"

"好哇，既然是老朋友，中午你请客吧! "坐在台下的另一位重量级博士调侃道。

到了集体讨论环节，台上的发言随随便便，台下的与会者也开始悠闲自在地聊天，而且多是与会议无关的话题: 什么哪家公司老总与小三的裸照被曝光了，什么哪个官员被"双规"了。

当然，也有与会者实在看不下去，责问道: "各位，这是在开会呢，你们能不能严肃点儿? "

也有人起哄: "主持人呢? 主持人是回家哄孩子去了，还是睡着了? "一时间，会场一片混乱。

其实，主持人就在主席台下站着呢，一副手足无措的样子。面对因跑题造成的混乱局面，他有些招架不住了。

"这个主持人太不给力了！"坐在我身边的一位白发苍苍的老者，恨铁不成钢地说道。

细聊之下，才知这位老者是研究企业管理的大学教授。我向他请教，如果他是主持人，会如何避免这类情形出现。他说，如果让他主持会议，他会这样做：

1. 秉持"不浪费时间、不说空话"的开会理念

主持会议时，语句尽量精简，紧紧围绕会议中心。如果你习惯啰唆，不妨站在与会者的角度思考。

2. 多用PPT主持

要多用PPT主持，可避免跑题。讨论某一个问题时，一定要讨论问题本身，而不是针对某个团队或者个人，否则就容易跑题。

3. 主持人要"中立"地倾听

很多发言者天生就是"跑偏的人"，也有发言者是攻击狂，喜欢攻击别人。要想轻松应对这些会场上的另类，就需要主持人会听。

对于主持人来说，会听不等于全神贯注地去听，而是要"中立"地听，把自己的思想、期待、成见全部抛弃后，再听他人发言。

倾听他人发言时，也要积极思考，边听边想，理解讲话的内容，这样，才能敏锐把握发言人的深层含义。只有准确地掌握了他人的真实想法，才能做出正确的判断。

4. 限时发言

如规定发言者有3分钟时间发言，就要求他在规定时间内讲明白问题。如果他习惯务虚，不喜欢直奔主题，到规定时间就命令他结束发言。这是个基本的准则！

如果发现有人发言跑题，怎么办？这位教授建议主持人这样做：

1. 叫停他人发言后，不要回避发言者所说的问题

发现有人发言跑题，很多会议主持人都是直截了当予以打断，并且回避发言者所说的问题，直接转到下面的议题。这是主持人不能控制局面的典型表现。

2. 叫停他人发言后，要对其鼓励和夸奖

最得体的做法是：主持人在叫停时，一定要注意方式与礼节，最好在叫停他人发言后，接着对他刚才的发言鼓励和夸奖，然后提出建设性意见，比如："小汪，今天我们开会讨论的，是如何提高工作效率的问题，你刚才提及的电脑更新问题，可与王总私下沟通。"

3. 打断跑题的发言，并提可行性建议

如果发现发言者所讲的问题不是共性的，代表性不大，可打断其发言，告诉他可以略过这个问题，先挑主要问题讲。

4. 自由讨论前，要提示与会者讨论的重点和方向

不给予明确的提示，大家就真的"自由讨论"了，往往离题十万八千里。

5. 用非语言性的暗示

发现有发言者跑题，主持人可用一些非语言性的暗示来提醒他，如低头看看手表，再用眼神提示他："注意挑重要的说，你发言的时间不多了！"这样，与会者就会回到主题上来。

会议气氛沉闷，小游戏将它一扫而光

刘小姐是天津一家文化传媒公司策划部的员工。她说，他们公司策划部开会都很有创意，特别热闹。每次开会，形式都非常独特，很有意思，大家积极参与。

这天，策划部又开会，会议的形式依然是角色扮演，即每一个人根据所扮演的角色发言，这哪是开会，简直就是一场Cosplay（角色扮演）秀。

以角色扮演的形式开会，可以说是策划部开会的独创。首先，主持人由部门同事轮流担任，其次，每个与会者要扮演什么角色都是由主持人安排的，而且会议开始前，没人知道自己会扮演什么角色。所以，每次开会前，大家都十分兴奋与期待："我今天又扮演什么好玩的角色？"

上周策划部例会上需要讨论一个案子，会议主持人上台后，打开PPT。电视剧《杜拉拉升职记》中的开会场景出现在屏幕上！

"你扮演杜拉拉，你扮演王伟，你扮演玫瑰……"主持人首先给大家分配角色。之后，会议开始了，轮到谁发言，要模仿所扮演角色的语气。

由于主持人是由同事轮流担任的，不仅每次会议的主持人不同，会议主题、形式以及制作的PPT不同，主持人分配的角色也不同，不管主持人分配给你什么角色，都不得有异议。这，就是角色扮演会议的规则。

开会比拼的是创意。创意好，这个会就开得热闹搞笑，又富有意义，若是创意平平，那就开得无聊了，而角色扮演的绝妙之处，是越开越有创意。最有意思的是，每次开会前，为了让自己主持的会议与众不同，主持人都绞尽脑汁地筹备会议。

虽然每次开会跟原来的开会内容没太大区别，或是总结工作，或是讨论业务，或是激发灵感，但改良后的会议形式上独具特色，有开成新闻联播型的，有开成相亲谈恋爱型的……所以，每次开会，刘小姐与同事们都觉得这会开得既有成效又好玩。

刘小姐感觉自己部门开会十分好玩，可如此开会，不仅仅是为了好玩，更是为了激发灵感，改善开会效果。

文化传媒公司本身是创意公司，很需要"头脑风暴"，这样变着花样地开会，能开阔员工思路，锻炼他们的思维，让员工想出更多新点子、好方案。

刘小姐部门的角色扮演会议形式未必适用于大众，但对于主持人来说，可以有所启发。换言之，主持人应该力求主持形式的创新，变着花样主持会议，这样就可以将会议的沉闷气氛一扫而光。

其实，让会议氛围活跃的方法还有很多。

1. 顶指头游戏

员工围坐在一起，每人将左手掌心朝下平放，再将右手的一个指头伸出来顶在旁边人的手掌下，听到口令后，每人既要尽量抓住别人的手指头，又要尽快将自己右手的指头拔出。这个游戏既可以锻炼员工的迅速反应能力，又能增强团队成员间的合作能力。

2. 吹气球游戏

中间休息的时候，可以做一下合力吹气球的游戏。做游戏前，主持人可将参与游戏的人分为两组，每组6人。没参加游戏的人可以当啦啦队队员。

主持人在分好组后，给每个组6张签，上写：嘴巴、手（两张）、屁股、脚（两张），每组一个气球，然后请每人抽签。首先，抽到"嘴巴"

的人，不能用手拿气球吹，必须借助抽到"手"的两人帮助，把气球吹起来；然后两个抽到"脚"的人抬起抽到"屁股"的人，去把气球抬高。由于这个游戏需要团队成员分工合作来完成，所以这个游戏既能活跃会议气氛，又能锻炼团队成员之间的沟通配合能力。

3. 猜纸牌游戏

做游戏的时候，要凝神静气，精神高度集中，从准备好的纸牌中选出自己最想要的那个数字。这个游戏虽然小，却有利于提高与会者的注意力。

第十三章
会场如战场，穿衣装扮绝非小事

　　服装是自我展示的靓丽名片，又是一种会议礼仪，要穿得恰如其分，既能穿出成功人士的风采，又能穿出好前程。经常参加会议的上班族们一定要重视穿衣细节，做到穿衣有"道"。

　　男白领平时一定要多准备几套正式衣装，便于在开会时穿。职场女白领则要注意不能穿得太随意，也不能太性感。有领导在，特别是有女领导在的会议上，女白领要尽量穿得低调，否则抢了领导的风头，就有可能被打入冷宫了。

开会穿得太性感暴露，等于给自己找麻烦

28岁的Mary（玛丽）供职于一家合资企业，公司规模不大，也不像一些外企对员工的着装有很严格的规定。但作为总经理秘书，经常要主持一些会议，Mary平时对自己的装扮还是比较在意的。

这不，公司组织大家到美丽的海滨城市大连旅游，顺便召开了一次全体会议，可是担任主持人的Mary却让总经理非常恼火。

会议当天，Mary上身穿一件橘色的吊带装，下着米白色九分裤，脚蹬一双无后带的高跟凉鞋。

尽管Mary到会场的时候同事还不多，但Mary一下成了焦点。

"嘿，Mary，你今天好漂亮啊……才发现你的身材原来这么惹火啊！"有男同事看着Mary，坏坏地调侃道。

"Mary，这样的装扮真的很像来度蜜月嘛。"有女同事先是一副惊诧的样子，接下来不无嫉妒地对她说道。

开会了，Mary款款走上主席台，宣布会议开始，并请总经理Jason致辞。Jason满脸温和的笑容，用轻松的语调开始了他的讲话。

讲完坐下后，他笑呵呵地看着一边的Mary说："如果知道可以像Mary似的穿得这样休闲，今天早晨我也不必绞尽脑汁地考虑要系哪条领带了。Mary啊，以后再开会，我们都得向你学习如何穿衣了，省得我们穿得太古板，太职业化。"

Mary的脸腾一下红了。

Mary后悔不迭，开始时她只想到这次是出来旅游休闲的，觉得开会

也就是随便开开就完事了，收拾行装时也忘了考虑自己作为主持人的身份，结果，一念之差，给老板和同事们留下了职业秘书着装不职业的印象！

开会时穿着不当，特别是过于随意，美女比帅哥更容易受到批评。要想在着装上给自己上保险，职场女性一定要注意会场上的着装禁忌。

1. 忌穿得太暴露

一些年轻漂亮的职场女性喜欢性感的打扮，特别是夏天，穿低胸装、露背装甚至透视装去逛街购物，绝对可以给自己增加回头率。

但如此着装去参加会议，就容易给人轻浮、不稳重的印象，智慧和才能也就被埋没了。

开会时，女性的着装要以大方、简洁为原则，不要过于暴露。冬天开会时，最好是职业化的裙式装；夏天开会，最好穿不透明的裙装或长衣裤，并且内衣颜色应与外套协调一致，避免透出内衣的颜色和轮廓。

如果是参加晚宴，可以考虑穿低胸装、露背装，也可以多带一套正装，在去晚宴的路上穿正装，到现场后，换上晚礼服。女性也可以在低胸装、露背装外面套一件正装，到晚宴现场时将外套脱掉就可以了。

此外，女性参加晚宴，特别是商务晚宴，最好不要穿跟太高的高跟鞋，因为那样的晚宴通常没有座位，要站很久。

2. 忌穿得妖艳

爱美之心，人皆有之。在生活中，很多美女喜欢怎么妖艳就怎么装扮自己，总是穿艳丽的服装，打扮得花枝招展。

不过，如果你的领导是中规中矩的人，开会你又如此打扮的话，你就会被贴上"轻浮、不稳重、不懂规矩、爱抢风头、喜欢表现自己"的标签，所以，就算再喜欢妖艳的装扮，你也得在开会前换一套色彩庄重、款式大方的行头。

在色彩搭配上，可以选择较为中性的颜色，如蓝色、黑色和白色的裙式套装，避免夸张、刺眼的颜色。尽管这样打扮有些老气横秋，却有利于体现你干练的一面。

3. 忌穿得太惹眼

在生活和工作中，很多美女喜欢穿紧身衣服，让身材曲线惹眼，但开会时这样的穿着就不合适了，太惹眼的曲线会给男同事和男上司造成困扰，让他们把视线停留在不应该停留的地方，同时潜意识里对你的职业能力产生质疑与轻视。

开会时，女白领们不惹眼的着装原则为"刚柔82法则"，即要80%中性化，20%女性特质（如波浪卷发与高跟鞋），这样可以让你以刚柔相济的美女形象在会场上很职业地亮相。

如果是参加比较严肃、重要的会议，如商务谈判会，可以加一件与外套同色系的小马甲；如果要参加的会议不是太重要，就可以上身穿衬衫、西装，下身搭配半身裙。要注意的是，裙子最好宽松一些，不要选紧身裙。

与主体衣服相配的鞋袜、手套等小物件也很有讲究。就拿袜子来说吧，最好是穿透明的、颜色与肤色相近的袜子，或与衣服颜色相协调的袜子。

很多美女总是穿带有大花纹的袜子去开会，其实，大花纹袜子一是太惹眼，二是在会场里显得不够庄重。

4. 忌穿得过分随意

很多女性开会时不会穿着太暴露，但是却走向了另一个极端，穿得非常随意，随随便便一件T恤或罩衫，加一条故意弄出洞洞的"破"牛仔裤就去开会。在开会这个正式的场合，如此装扮太不和谐了。

开会穿着过于随意，是会议着装的大忌。要想给领导留下好印象，一定要在会前精心打扮。

对于经常开会的职场女性来说，衣橱里准备一两套比较有档次的套装是非常必要的。在开会前，要提前拿出清洗、熨烫一下，以保证套装端庄整洁。

如果在晚上出席鸡尾酒会，一定要多加一些修饰，脖子上戴上有光泽的佩饰，或者围一条漂亮的丝巾。

开会穿得比上司好，小心被打入冷宫

26岁的小苒是西安某地方电视台的编辑，她编辑能力强，工作出色，电视台总编对其赞不绝口，其他同事也对小苒刮目相看。

小苒的工作能力在单位有目共睹，不仅如此，人也长得漂亮，在穿衣打扮上也十分标新立异，总爱把自己打扮得风采出众，常引得周围一片惊美之声。

小苒的主任虽然年近四十，早已过了最好的年代，可也爱打扮，特别是在开会的时候，总想艳压群芳。

小苒刚进电视台的时候，主任对她很亲切，后来却越来越冷淡了，小苒一直不明就里，直到有一次部门开年会。

那天，部门全体员工到一家颇具档次的四星级酒店开年会，主任总结完工作后，大家把酒言欢。酒过三巡，大家把话题转移到小苒身上。

"小苒，这是最新款的毛衫吧？"

"小苒，你的鞋子好漂亮，什么牌子的啊？"

那天开年会，小苒上身穿了一件价格不菲的橘黄色羽绒服，内搭一件做工很精细的毛绒亮片短衫，下身穿了一件毛呢面料的黑格裙子，脚上一双黑色长靴。

见同事们围着自己，众星捧月般地流露出羡慕的神情，小苒很受用。

此时，有同事见主任坐在一边，有点儿受冷落了，就打圆场道："哇，主任，你的毛呢大衣也很漂亮的，是什么牌子的？"

可没想到的是，主任拉长了脸，酸溜溜地说道："漂亮什么啊！我这件衣服，如同我人一样，早就落伍了，不招人待见了，哪比得上人家小苒。小苒可是你们穿衣打扮的风向标，衣服潮，人也美啊！"

在那一刻，小苒终于明白了原因：她抢了主任的风头。

小苒在职场中争强好胜，努力表现自己，本没有错，但错就错在开会时在着装上抢了上司的风头，结果自己露脸了，上司的脸色却难看了。

会场上，像小苒一样因着装不当被打入冷宫的人并不少见。而这个着装不当包括很多，比如正式会议穿得太休闲，或是比在场的领导穿得还讲究。

在职场中，有一条不成文的规矩：上司在的场合，任何人不要当众过于表现自己，让自己的风头盖过上司。不懂这一条，你离被打入冷宫就不远了。例如，在会场上，你比你的上司穿得好，就犯了上司的忌讳。

在会场上，如何才能避免抢上司的风头呢？

1. 嫉妒是女人的天性，再能干的女人也摆脱不了这种心理，你把她的风头抢尽了，她自然会对你不满意。

既然如此，很简单，你低调一点儿就好了。

尤其是你的座位与女上司相对的时候，就更要多加注意，不要比女上司穿得靓，并适时地对她的穿着打扮进行赞美和恭维，这会产生意想不到的效果。

2. 如果你是女老板的秘书，开会时，最好穿比女老板衣服颜色浅一些的。同时，要记得把头发盘起来或绾上去，而女上司的发型可以随意。这条原则也适于与女主管开会的所有职场女性。

3. 有心理学家研究，女性对于"撞衫"的反应远远超过男性，女性只要发现有人跟她"撞衫"，特别是跟女下属"撞衫"，就会非常不爽。所以，女员工平时最好多关注一下女上司经常穿哪些衣服，开会时的穿着习惯，做到心中有数，开会时自然就不会撞到女上司的"枪口"上了。

小贴士

开会时，职场女性的穿着不能太随意，要尽量低调。

❶ 如果你的上司是女性，就一定不能穿得比你的女上司更突出，否则，抢了上司的风头，就有可能被打入冷宫。

❷ 开会时，女秘书以及女员工最好穿比女上司衣着颜色浅一些的衣服。最好平时多关注一下女上司经常穿哪些衣服以及开会的穿着习惯，做到心中有数，才能避免与女上司"撞衫"。

❸ 开会时，千万要比上司穿得低调，不论款式还是色彩，不论价格或是品牌，这条原则男性上班族亦可引以为戒。

不起眼的装扮细节，决定你是否能闪亮出场

圣诞节将至，位于北京亦庄开发区的一家外资企业举办晚宴舞会，以此答谢员工与客户。

为了在这次舞会中鹤立鸡群，企划部的美女陶陶在舞会前一天特意去买了一套靓衣：上身为紧身带纽扣的舞衣，下身为闪闪发光的舞裙，脚下是一双水晶鞋。她期待与公司女性的"大众情人"——人事部的申先生共舞一曲。

晚上，舞会开始了，公司的美女们争相请申先生跳舞，第六支舞曲响起时，陶陶终于可以与申先生共舞了。

可两人刚上场一会儿，陶陶就发现申先生有些不对劲儿，一是使劲儿捏了一下她的手，二是他的目光在自己上半身最敏感的部位聚焦了几秒，然后看着自己。

申先生是在骚扰自己吗？陶陶不确定。那他是不是在暗示自己什么？

陶陶想不出所以然，当她无意中低下头，突然发现上衣的一粒纽扣不知什么时候丢了，由于丢的是第三粒纽扣，里面的红色内衣就隐隐约约露了出来。

天哪，自己在最心仪的男人面前竟然走光了。陶陶的脸腾一下红了起来。幸好自己戴了一条漂亮的丝巾，陶陶马上将丝巾理顺，搭在前胸，心惊胆战地与申先生跳完了这支舞。

而申先生也比较善解人意，在这支舞曲结束的时候，他脱下西装

外套，给陶陶披在了身上。

但让陶陶郁闷的是，在接下来的时间里，她只能眼睁睁地看着别的女人与申先生共舞了。

对于很多上班族来说，开会不小心走光是非常尴尬的事。其实，想在会场上避免如此尴尬的情形，就要做足功课。

1. 会前：提前准备好开会行头，并做详细的检查

开会的前一晚，要检查一下行头，从头到脚都要仔细查看。

上衣：看一下是否平整挺括，纽扣是否结实，是否能全部系上？

裤子：如果裤子前门大开，可是非常丢面子的一件事。而会前一晚看一下裤子拉链是否好用，是让你的前门不走光的最安全策略。

衬衫与内衣：以单色为最佳。挑好以后，一定要看下衬衫的领口、袖口是否有污迹，如果有污迹的话，就要换一件干净的。

外套的饰物和花边：如果你的外套有过多的饰物和花边，不妨换一件。因为参会的衣服除了讲究平整挺括，还要力求大方。

鞋袜：开会穿的鞋子应是高跟鞋或中跟鞋。开会前一晚，你要为自己准备好。

穿裙装时着丝袜，能增添腿部美感。所以，美女们准备好鞋子，必须再给自己搭配一双高筒袜或连裤袜。

不过穿什么丝袜去开会，则要因人而异，腿较粗的女性要选一双深色的袜子，腿较细的女性最好穿浅色的。

同时，要注意鞋袜颜色是否与西装套裙相配，袜子是否太鲜艳、带有网格或明显花纹。如果是，最好换一双色彩中性、款式大方的丝袜。

2. 会议当天：从头到脚精心打扮，并注意细节

西装或外套：如果西装是新买的，不要忘记剪掉袖子上的商标。不要把钱包放在西装左胸口袋，不要在腰上挂东西。

内衣：要记得检查一下，你的内衣是否外露？要知道，去参加会议

时，内衣外露很不礼貌。同时，要看一下文胸的肩带是否露在衣服外面。

饰物点缀：开会时，巧妙地佩戴饰品会让自己别具一格。出门前，要检查一下饰品是否过多，是否与整体服饰为同一色系，搭配起来是否和谐。如果不和谐的话，就要设法和谐。如果佩戴的饰品过多，那就少戴一些。

小贴士

开会穿衣是"形象工程"的大事，与会的上班族们不可以掉以轻心哦！既要为自己选一套适合的衣服，又要关注一些细节。

❶ 开会前一晚，要检查一些参会用的衣饰，从头到脚要仔细查看：上衣是否平整挺括？纽扣是否结实？看一下裤子拉链是否好用？

❷ 选好衬衫或内衣后，一定要看下衬衫或内衣领口、袖口是否有污迹，如果有污迹的话，就要换一件干净的。

❸ 开会当天，在出门前打扮时，要看一下内衣是否外露？丝袜是否与自己的腿形相符合，有无破损？

商务会议，成功男士穿衣要因地制宜

前不久，中国品牌节在北京首都体育馆如期举行。国内某知名服饰企业的余总经理作为这次品牌节的执行经理，神采奕奕地出现在主席台上。

在服饰界摸爬滚打了十几年，余总经理可算得上是成功人士了，而且深谙穿衣之道。他今天虽是一身西装，可由于在西服内搭配了一件牛仔衬衣，就显得比较随意，亲和力也强一些，容易让人接近。

会后晚宴前，我与余总经理交谈，得知他今天之所以如此打扮，是因为自己不是今天的主角，主角是国内某知名羽绒服企业的王总经理。

晚宴时，身材魁伟的王总经理依然是白天的正装打扮：深蓝色西服，白衬衫，黑色而非常有质感的长裤。这身得体的衣装，亲切而随和的笑容，让他在晚宴上尽显成功人士的风采。

当然，在晚宴上，也有不和谐的着装者，有的人穿着牛仔装，甚至有个人竟然穿着拖鞋。当这个穿拖鞋的人与其他人搭讪时，我发现很多人只应付他一两句就转身离去。看来，在这个晚宴上，他绝对是不受欢迎的人。

其实，他是这家羽绒服企业的首席设计师，也是名满天下的设计师。

服装是一种无声而有力的语言，总是在无声地帮你传递信息，比如你的社会地位、个性、品位等。而开会穿什么衣服，如何搭配，不仅向他人传递着个人信息，更是一种礼仪。

作为经常参加商务会议的职场人士，男性朋友如何着装才能给自己正能量呢？

这就要求职场男士根据不同的会议来调整自己的衣装。

1. 最安全最简单的3R穿衣策略

一般而言，成功男士穿上套装后，会觉得自己更加成功，内心充满正能量，更有自信。

不过，对于职场人士来说，最安全最简单的穿衣策略，就是3R理念：Right Place，Right Time，Right Wear（在适当的时间、适当的场合，穿合适的衣服）。其实，这就是因地制宜的装扮原则。

2. 三套服装可以搞定各种场合

经常参加商务会议的职场人士，你的衣橱中最好有三套档次较高的服装：西装套装、休闲套装、运动衣裤。有了这三套服装，你就可以如鱼得水地出席各种会议。

而分配这三套衣服的原则，就基于3R理念，即西装套装用于出席正式商务会谈或内部重要会议，休闲套装用于出席非正式会议或次重要会议，运动衣裤适合参与会议期间组织的一些休闲活动等。

3. 各类会议着装要领

要成功做到穿着得体，要好好学习一下着装要领。

• 正式商务会议着装要领

有重要领导，如公司高层或总公司高管参加的会议、有重要客户参加的会议，都是正式的会议。正式的会议要穿正式服装——西装。西装有单排扣与双排扣之分，后面下摆处有开衩与无开衩之别。目前国际上流行单排扣西装。

无论是职场会议、正式商务会议，还是事业单位开会，都可以穿单排扣西装。

西装款式及颜色的搭配强调简练、大方、得体，不给人以随便、不重视的印象。

搭配建议：素面简单雅致的牛津布衬衫，休闲西服或休闲夹克，适合的休闲裤，有质感的领带。

注意事宜：西装最好选择不易起皱的面料，比如毛料混纺。尺寸非常重要，一定要大小合适。后领也极为重要，要防止后领处鼓起大包。

穿深色的西装，里面要配一件浅色的衬衫，不宜搭配圆领T恤、白色袜子。不要穿短袖衬衣与西服相配，不要穿毛衣与西服相配。皮带与皮鞋色彩一致为宜。同时要打一条与衬衫、西服的颜色相配的领带。

与西服配套的衬衫要得体，既不能太大，也不能太小，衬衫的袖口可以超过西服袖口两厘米左右，否则，会破坏一个成功男人的优秀形象。

• 非正式会议着装要领

参加一些非正式商务会议时，很多与会者都穿得很随便，如上身运动衣，下身牛仔裤，皮鞋没擦，满是灰尘就直接穿着开会去了。

但到了以后，他们就会发现自己太随意了，因为老板在台上一身正装，严肃认真。于是开会时，他们就如坐针毡，非常不自在。而领导呢，开心时无视你的存在，不开心时，则对你紧皱眉头，这更让你惶恐不安。

可以说，参加一些非正式商务会议，也不能穿得太随便，穿正装最保险，穿休闲套装次之。

非正式会议衣着搭配强调悠闲，衬衫的款式与色彩较"商务休闲"更活泼、明快，衬衫可外穿，以衬托休闲的氛围。

搭配建议：可选择无须打领带的休闲西装、休闲夹克或线衫，较为轻松的休闲裤或多袋裤。上身可穿西装，下身穿休闲裤。也可穿不成套的西装。

注意事宜：不管你的衣装如何搭配，最好还是以深色下装为主，不要将白色或素色的衬衫、西裤与深色上装搭配。

- **宴会上的着装要领**

经常参加宴会的人会发现，在这种场合穿西装的人居多，但你知道吗，即使在这种场合，西装也不能随意穿，而是有一些讲究与要领。

西装领型设计繁杂多变，有织面尖角西装领、缺角型西装领等款式。至于选择什么领型、款式，要视宴会的性质而定。

搭配建议：单位组织的宴会以及有重要客户参加的宴会是正式的宴会。去参加这类宴会时，一定要着正式礼服，而且要色彩大方，如黑色的礼服。

注意事宜：选择黑色的礼服，要与白色的衬衫、黑裤以及黑色的皮鞋搭配。

- **一衣多穿混搭要领**

一套衣服在不同的搭配方式下，能有意想不到的效果。如果你的衣橱中没有太多的衣服，就可以用一件衣服与其他衣服变着花样地混搭。

款式及颜色的搭配要简洁、大方，衬衫的款式、色彩以中性为宜，面料质地选择耐洗的较为适合。

搭配建议：如果你的衣橱中有格子状的衬衫或立领衬衫，那就可以混搭了。它与西装搭配就是正装，与牛仔裤搭配就是休闲装。

注意事宜：衬衫要及时清洗，并在会议前熨烫一下。

第十四章
礼多人不怪，会场达人拘小节才能晋级

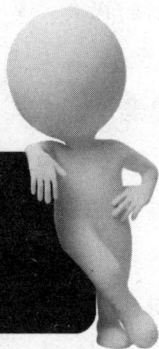

　　中国是一个拥有5000年文明的古国，更是礼仪之邦，不仅生活中礼仪多，在会场上更是有很多讲究。比如，进会场前，或在老板、上司发言时关掉手机；在会场上要站有站相，坐有坐相；会前与人打招呼、握手，一定要既热情又有分寸。

　　遵守会场礼仪规矩，既能向他人展示自己优秀的一面，又能尊重他人，等于给自己加形象分，甚至能因此赢得领导的器重。所以，在会场上，千万要注意自己的言行，力求合乎会议礼仪规范。

恪守这些礼仪，就可赢得好感

　　小史供职于上海某区文化局，是财务部的主任。

　　这天是周五，局里召开先进工作者表彰大会。小史作为先进工作者的代表，要上台发言。

　　主持人点名让小史发言时，小史站起身，先冲身边的局长做了个鬼脸，接着又冲着镜头吐了一下舌头，然后才开始发言。

　　在他做鬼脸时，台下一个中年男子先是惊诧地张大了嘴巴，接着摇了摇头，之后就是一副不屑一顾的神情。

　　接下来，他左侧的两个女孩在窃窃私语："哇，在众位领导面前，我们主任可真会卖萌，可她卖萌卖得有些不合时宜吧！"

　　"就是，就是！这可完全颠覆了领导应有的一脸严肃的光辉形象。"

　　很多上班族个性开朗活泼，做事不拘小节，但会场不是谁家后院，它是一个特别注重礼仪的公共场合，在这种场合最忌讳的就是不拘小节。不管是领导还是普通的与会者，一言一行都需要谨慎小心，否则，就会给他人留下不懂规矩的坏印象。

　　不同的会议有不同的礼仪与规矩，不同的人要守不同的礼仪与规矩。参加大中型会议时，需要遵守以下礼仪、规矩：

1. 妆容礼仪：整洁、大方、得体

参加大中型会议不是参加舞会，再喜欢标新立异，也要注意妆容大方

得体、干净整洁。特别是头发，发型要大方、干练，刘海儿遮住眼睛和脸的话，一定要提前修剪一下。

油性发质的女性最好在开会前一晚或早晨清洗一下。如果有头屑，要用去头屑的特殊洗发液。同时，头发要保持清爽，不要喷过多的发胶、发乳。虽然它们让你看起来更靓更潮，可在会场上，就不合时宜了。

喜欢化浓妆的女性，最好化淡妆。

如果你平时不注意手部保养，不经常修理指甲，参会前一定要好好修理指甲，指甲不能太长，如果涂抹指甲油，色彩与造型要大方。就算平时用大红的指甲油，在会场上，还是白色、粉色、肉色等淡雅色彩的指甲油更合适。

出门前不要忘记喷点儿香水，但不要喷太多，不要使用味道浓烈、刺鼻的香水。

开会前最好整理一下头发，但千万不要在会场做这些小动作，特别是领导发言时。你可以利用会议休息时间，去盥洗室整理。

2. 会场的落座礼仪：坐有坐相

提前进入会场，找一个适合的座位坐下，落座时动作要轻柔和缓，不可猛起猛坐，弄得座椅叮当乱响。

坐下后，要保持安静及端庄的坐姿，身体挺直，不要紧贴着椅背坐。这是每个会场淑女应该保持的坐姿。

会场上的男士们，则要保持身体略向前倾的坐姿，这样就可让自己显得精神饱满。

会场不是菜市场，在自己的座位上坐好，切忌挠头、抖腿等，也不要随便走动，发出声响。

3. 发言时的肢体礼仪：站有站相，仪态大方，谈吐优雅

如需要主持会议或发言，那么，你既要落落大方，又要非常自信。

会前、会议中间，当然还有主持会议时，如果看到熟人，不要与熟人打招呼，更不能寒暄闲谈，只可点头、微笑致意。

　　如果需要坐着主持会议或发言，要挺直身体；如果有会议桌，可双臂前伸，两手轻按于桌沿。

　　如果是站立发言，一定要双腿并拢，腰背挺直，并且要时常抬头扫视一下会场，不能只顾低头读稿，不然容易让与会者产生不被重视的感觉。

　　论述自己的观点时，如果是坐着，千万要注意，不能交叉握双手或用手指撑出一个高塔形状，这个动作会给人造成你故意摆架子的误会。

握手、打招呼，礼多人不怪

王强是香河某知名家具公司的销售主管，最近公司购进了一批价格不菲的红木办公家具，目标消费群体是各大公司的老板或总裁。

为销售这批红木家具，王强亲自与高端客户电话沟通。沟通得差不多了，甚至对方有采购意向了，王强才让销售员上门拜访。

钱四通是北京某房地产公司的副总裁，也是王强的一个准高端客户。公司刚购进这批红木家具时，王强就向钱总推荐了，钱总也十分感兴趣。

这天，全国建材大会在北京召开，听说钱总要去参加这次会议，王强决定前去参会，顺便与钱总聊聊红木家具的事。

建材大会召开那天，王强带着一个销售员小肖按时参会。见到钱总时，王强很高兴地打招呼道："钱总，您好！我是香河××家具公司的销售主管王强！"打招呼的同时，王强伸出手来，紧紧地握着钱总的手，过了好一会儿才松开。

王强松开手时，发现钱总脸色有些不对。王强一惊，难道自己有失礼的地方？

于是，当销售员小肖与钱总握手时，他就仔细观察。他发现小肖是如此与钱总打招呼的："你好，很高兴认识你！"同时，小肖伸出手轻轻握了一下钱总的手就松开了。而钱总呢，皮笑肉不笑地回应小肖道："呵呵，你好。"

然后钱总转脸对王强道："你看我很忙，你把你们公司的材料留下，我看一下再联系你。"

王强于是把资料留给了钱总，可是这次会议之后好长时间，钱总都没联系王强，于是王强就给钱总打电话，但每次打电话，接电话的都是秘书，只推说钱总很忙。

这次王强和小肖对钱总的拜访显然是失败了，你能看出他们是哪里出了问题吗？

开会与人握手，与人打招呼，都是非常讲究的礼仪。虽然这些礼仪不大，却在瞬间决定了别人对你是喜爱还是讨厌。

如何通过握手、打招呼来获得他人的好感呢？要做到这点并不难，前提是你掌握了与人握手、打招呼的礼仪和技巧。

1. 与人握手的礼仪

握手看起来是非常简单的一件事，却有很多讲究。

如果对方地位较高，或者是女老板、女客户，要等对方先伸手，你再回应。反之，你要主动伸手。

握手时，要与对方目光保持接触，面带笑容，最好是持续5秒，并且要注意方式、力度。

一个人握手的方式、用力的轻重，都在向对方传递着信息，比如修养高低、是否可信、是否热情等。

与人握手时，一定要有力度，它向对方传递了你的诚实与热情，但也不要握得太紧。尤其当对方是女性时，握得太紧，会让人误解你有不良企图。

正确的握手方式是：你的手与对方的握在一起，手掌和拇指应该成一定角度，四指与拇指应该全部与对方的手握在一起。

2. 打招呼的礼仪

想要在会场上拓展人脉，一定要积极主动地与人打招呼。但在开口说"你好"之前，要先使用肢体语言或微表情表达你的诚意和热情。

开口后，则要注视对方，并简单介绍一下自己，说出自己的姓名与单位等重要信息。

在会场上如果遇到熟人或客户，则要在"你好"之后，说几句客套话，如"不好意思，最近工作忙，没联系你，见谅"，或者"好长时间没见，最近怎么样"等话语，用温情来维系关系。

在与人打招呼时一定要注意语速，最好保持中速，且语调要平和，既让人听懂，又可以给自己思考的时间。否则，太快就易给人不自信、不稳重的错觉；反之，语速太慢，听着都让人着急，让人严重质疑你的语言表达能力。

与身份高的人打招呼，一定要注意称谓和措辞，如问候时，要使用"您"，而不是"你"。对方是总经理，一定不要称人家为"经理"或"老板"，而是用确切而具体的称谓，如"王总经理"或"王总"。

如果人家是副总经理，打招呼时，最好不要用"副总经理"这个称谓，除非对方的总经理在场。

手机礼仪：开会关手机，必须的

最近，广州市一家相机公司老是接到客户投诉，说他们生产的相机有质量问题。投诉中有不少大客户，这意味着公司的产品质量确实出了问题。可究竟哪里出了问题，是什么原因造成的呢？公司齐总经理心急如焚。

为尽快解决问题，齐总召集相关部门经理以及员工开会。

开会时，齐总先对相关人员进行了批评，并特别对生产部与质检部的两个经理进行了点名批评。

批完两个部门经理，齐总正想问大家如何解决相机质量问题，会场上的手机铃声却一声高过一声地响起来。大家扭头去看，原来是质检部员工小罗的手机。

齐总本来就为相机的质量问题窝了一肚子火，一听小罗的手机铃声，按捺已久的火气像开了闸的洪水，喷涌而出："公司明文规定，开会时必须关手机！身为质检部的员工，连这点规定都不能遵守，你怎么把产品质量关？这产品质量不出问题才怪呢！"

刚训斥完小罗，生产部小张的手机又响起来了。虽然只响了两声小张就赶紧关掉了，可齐总依旧勃然大怒，他铁青着脸一字一顿地说："还有完没完！我真服了你们，一个比一个牛！公司规则是花瓶还是气泡？"

见齐总怒发冲冠，行政部经理马上宣布：他们两人每人扣一个月的奖金！

会后，小罗、小张两人你看我，我看你，一脸的纠结、无奈。

也许在他们看来，只是开会前没关手机就平白无故被扣了一个月的奖金，简直太委屈了。但他们更应该反省的是：在总经理召集的会议上竟然开手机，如此行为是否有失检点？

很多人去参会都不关手机，甚至认为多此一举。其实，开会不关手机，看似事小，其实事大。

1. 开会不关手机是不礼貌的行为

如果你参加一些会议，特别是有座椅有桌子的会议，你会发现很多与会者习惯性地把手机放在桌子上，随时准备接电话、看短信。其实这是一种不礼貌的行为。在国外，凡是重要的社交场合，都有一条不成文的规定，手机必须调成静音状态，甚至看一下手机都需要向在场的其他人说声抱歉，否则，对方会感到不被尊重。

2. 开会不关手机是对公司规则的轻视

很多公司的规则中都明文规定开会时不能开手机。想想看，一个会议上，张三接1分钟电话，大家得等张三1分钟；李四接1分钟电话，大家又得等李四1分钟。10个人的会议，如果每人用1分钟接电话，就得浪费10分钟。这可是惊人的浪费。

这也是很多公司明文规定开会手机关机或调成静音的原因。

对很多与会者来说，开会手机关机或调成静音是一种制度，更是重要的礼仪。如果你去参会，最好是关掉手机。

1. 进会场前关机

如果公司明文规定开会时不能开手机，要在进会场前关机，或在有人发言前关掉手机。这样既不会打断发言者的思路，也体现对他人的尊重。

2. 不关手机调静音

如果担心关机影响接收客户来电，可将手机调成静音或振动。这样既遵守了公司的规定，尊重了其他与会者，又能及时接听客户来电，避免因开会错过重要的电话。

3. 接电话远离会场

开会时有人打电话给你，最好不要在会场接听电话。

如果会场允许接电话，一看手机有来电显示，应尽快接起，不让电话铃响超过3声。接电话时，要压低声音，长话短说，或告诉对方你在开会，开完会你再打给他。

小贴士

　　小习惯，大礼仪。开会时，我们是关机还是开机呢？最安全最简单的策略是：

　　❶ 如果公司明文规定开会时不能开手机，参加重要会议时一定要关掉手机，或将手机调成静音或振动。

　　❷ 开会时不关手机，如有来电，最好是出会议室接电话，或压低声音，长话短说。

上司走光，你是视若无睹还是礼貌地提示？

小李在上海一家软件开发公司工作5年了，算得上元老。由于工作非常敬业，他被提拔为总经理办公室主任。作为主任的他，经常陪总经理参加一些会议。

这天，小李陪王总经理去杭州开一个行业论坛会。由于总经理是软件开发行业的专家，会议主办方就安排王总发言。

那天会议顺利进行，不过，正当王总神采飞扬地从座位上站起准备走向讲台时，细心的小李却发现王总裤子的拉链开了。

怎么办？总不能让王总这样上台吧？

小李飞快地转动脑筋，想着对策。想来想去，他想到了一招，于是，他急忙拦下王总："等一下，王总，再坐下喝点儿水吧！"

说完，小李帮王总倒了一杯茶，并用身体挡住众人视线，小声跟王总说："你的拉链开了。"王总也吃了一惊，好在王总是见惯大场面的人，立马神色如初，借着小李的掩护，一伸手就把拉链拉上了。然后接过小李递过来的水，喝了一口，对小李笑了一笑，上台演讲去了。

一场危机，就这样化险为夷了。

开会时，会场上随时都有意外发生。比如，你男上司的拉链开了，他却浑然不知；你女上司的妆花了，她还在会场自我感觉良好；上司皮鞋里的鞋垫长腿似的跑出来了；裤腿不小心塞袜子里了……此时，作为下属的你是视若无睹，还是善意提醒？是当众提醒他，还是用一些非语言的动作来暗示？

上司在会场上走光，对于下属来说是一道两难的选择题。

1. 当众提醒太鲁莽

发现上司出现问题，千万不要当众提醒，大喊："王总，你的裤子拉链开了。赶紧拉好吧！"这等于告诉会场所有人王总裤子拉链开了，当众给他一记耳光。如果你不想开完会马上被炒鱿鱼，你就不要做如此鲁莽的事。

2. 微表情+善意谎言

第二个办法，你可站在台下显眼的位置，向上司使眼色，或走上台小声告诉他："有一个重要客户在会议室外面等着您，不见到您不罢休。"

而等上司走出会议室，你就可婉转地告诉他，提醒他去洗手间或就地处理。

3. 打手势提示

如果你的上司与你性别相同，你平时与上司关系尚可，会场上又距离较近的话，可在他旁边打手势，比如做一个向上拉拉链的动作，提醒他拉链开了。如果你是男性，上司是女性的话，就不要打手势提示她了，特别是在上司爱疑神疑鬼的情况下。

4. 坏人做到底

发现上司出现问题，你又没办法提醒他，你要表现得一无所知，将坏人做到底。但要记住，发现上司出现问题后，千万不能满头大汗、表情紧张，否则会给他留下变通能力差的印象，这样，你被重用的可能性基本等于零了。

小贴士

❶ 发现上司出现问题，千万不要当众提醒，而是要先设法帮其离开会场，再偷偷告诉他真相。

❷ 发现上司走光，如裙子、裤子的拉链开了，如果觉得直截了当地提醒会伤面子，可婉转地告诉上司，或打手势提示上司。前提是你离上司很近，又是同性。

会议签到礼仪：马虎不得

Kayla（凯拉）是杭州一家市政工程公司项目部的工作人员，最近与同事Tenny（坦尼）去参加一个招标会。在会场入口处，签到的人很多，Kayla就问Tenny："我们要不要去排队签到？"

Tenny看了看签到处人满为患的样子，犹豫了一下说："算了，会后再签吧！"

"那会不会不礼貌？"

"不会的，我们进会场吧。"

于是，Kayla与Tenny直奔会场，可刚走了几步，就听见有人在后面喊道："你们俩，哪个单位的？还没签到呢！"

Kayla 听到后面的喊声，想折回去签到，可是被Tenny 一把拉住："别理他们，反正我们到会场了，至于何时签到，就没必要较真儿了吧！"

听Tenny如此说，Kayla一时间没了主意，只得跟着Tenny一前一后向会场走去。但后面的工作人员仍然不依不饶："哎，说你们呢，就是你们！怎么，没听见？开会先要签到，这是规矩，难道你们不懂吗？"

凡事就怕认死理的。见那个工作人员紧盯他们不放松，Kayla脸一下红了，并暗下决心：下次开会，再也不能不签到就入场了！否则，太伤不起了。

很多人开会时把签到不当回事，甚至认为自己都已经到会场了，签不签无所谓，那你就是小看签到这件事了。

开会签到不起眼，却关系到与会者的形象；签到事小，却能反映一个人是否遵守会场纪律。换言之，开会要签到，也是与会者必须遵守的一种会场礼仪。

1. 会议签到是为了及时、准确地统计到会人数，便于安排会议工作。有些会议只有达到一定人数才能召开，所以，最礼貌的方式是到会场后就马上去签到处签到，这个一点儿也不能马虎。如果忘记签到了，记得在会后补签。

2. 在签到处签到时，如果人多，要自动排队等待；签到后，要快速地进入会场，这样就能保证签到处秩序井然。

3. 会议签到有很多方法，如何签，用何种方式，则要视会议实际情况而定。

• **簿式签到**：小型会议多是簿式签到。如果你参加小型会议，在入口处有签到簿，就可以签上自己的姓名、职务、单位等，一定要逐项填写，不能有遗漏。

• **证卡签到**：一些会议在召开前会备有会议名称、日期、座次号、编号等的签到证，并预先发给与会者。与会者应该在会前填好自己的姓名、单位等信息，进入会场时，将签到卡交给会议工作人员保存，证明自己按时参会。

• **花名册签到**：会议工作人员事先制作好本次会议的花名册，开会时，你在自己的信息栏内画上记号，就可证明自己按时参会了。

• **电脑签到**：与会者只要把特制的卡片放到签到机内，签到机就可在几秒内将一切搞定，并将卡片退还本人。这种电脑签到方式，是最快速、简便的时尚签到方式。

第十五章
知名大企业，这样"谋杀"低效会议

　　没有哪个管理者的开会技巧是与生俱来的，技高一筹的开会技巧大多是在学习与实践中练就的。所以，对于企业或公司管理者来说，要想在短时间内练就一身开会功夫，掌握如何组织高效会议，借会议规范决策效率的技巧，就需要汲取IBM、Google等世界一流企业的开会经验，并根据本公司特点巧妙融合，这样才有利于使会议达到更高产出、更高效率的目的。

跟IBM学习：最"Think"的"头脑风暴"会

一提IBM，很多人会想到IBM电脑，它的创始人是汤姆·华特森。

汤姆·华特森曾经在NCR公司担任销售部门的高级主管，那时他经常召集会议。但他对自己召集的会议非常不满意，因为这些会议多流于形式。让他非常纠结的是，每次开会时，会议气氛都非常沉闷，没人发言。这怎么办？于是，他就点名让员工发言，可被点名发言的人多是说几句无关紧要的话搪塞一下。好不容易有人发言了，就某个问题说出自己的看法，可其他与会者却像没听见这个人发言一样。

有一天，开会时又出现了类似的情形，汤姆·华特森就暂时休会，并问下属为何不在会上谈一下自己的建议与想法。让汤姆·华特森目瞪口呆的是，下属竟然说："我只是普通销售员，你做什么决定，我照单全收就是了。"

会议召集者说什么，与会者就人云亦云，这会开得如此被动，不得不让汤姆·华特森反思，并思考对策。

不久，他就找出问题的症结与对策。再开会时，他在会议室的黑板上写了一个很大的"Think"（思考），并告诉下属，他与销售员在开会时的共同缺点，就是对每一个问题都没有好好思考。他一再告诫销售员，仅靠跑腿、动嘴是赚不到钱的，只有多动脑才能赚到薪水，甚至更多的报酬！

以后，汤姆·华特森再开会时，销售员都能积极参与了。

再后来，汤姆·华特森创立了IBM，并且将"Think"理念融入企业与会议文化。

沉闷而低效的会议，不只是出现100年前，今天也是比比皆是。很多公司CEO开会时，总发现自己在滔滔不绝地说，下属却很少发言。当CEO要求下属提方案或建议时，他们都是如此表情：眼观鼻，鼻观心，如老僧入定……这些从来不"Think"的人，就像一个潜伏者，总是在开会时浑水摸鱼地混日子，任时间如江水一样哗哗从眼前流过。

如何才能改变这种尴尬场面呢？如何让不"Think"的人在开会时"Think"起来，是不是要像IBM一样开最"Think"的会议？

IBM的"Think头脑风暴"分四大步骤：
1. 网上预约会议室；
2. 与会人员事先思考、想清楚或拟订会议的提纲，以及要开多久；
3. 正式开会；
4. 结束时间快到时，会议时间延长时，就会出现警示音提醒。
IBM的会议步骤简洁而清晰，但效率非常惊人，非常"Think"。
美国学者阿历克斯·奥斯本把"Think"的开会方式叫作"头脑风暴"，特点是让与会者敞开思想，使各种设想在相互碰撞中激起大脑的创造性风暴。这等于让与会者集体开发创造性思维，集体开动脑筋。

"Think"的"头脑风暴"会是一种有效的，可就特定主题集中注意力与思想进行创造性沟通的会议方式。无论是日常召集例会，还是遇到问题需要解决问题的临时会议，都可以拿来现学现卖。但要注意的是：

1. "头脑风暴"会在形式上要不拘一格
"Think"的"头脑风暴"是一种生动灵活的会议方式，但不要生搬硬套，而是要根据与会者的情况以及时间、地点、条件和主题的变化而有所变化。

2. 要善于用脑

在一些公司，很多员工不善于用脑，因为用脑是一件十分累人的事。而"Think"的"头脑风暴"必须要开动脑筋，积极思考。

如果与会者不积极思考怎么办？这就需要管理者掌握会议要点与技巧，提前收集一些资料给与会者，让他们了解与议题有关的背景材料和外界动态，了解会议召集者所提方案的来龙去脉等。这是成功的"头脑风暴"必需的。

此外，进行"Think"的"头脑风暴"还要运用以下技巧：

1. 严明会议纪律

严明纪律是让"Think"的"头脑风暴"顺利进行的有力保证。会前就要严明纪律，比如开会时积极思考，不要干扰他人思考，发言要直奔目标，开门见山，不说空话。

2. 鼓励员工自由畅谈

在严明会议纪律的同时，会议召集者要设法调动与会者思考的积极性，让与会者大胆发言，不管他提出的想法有没有可行性，都要对其进行表扬，激励与会者大胆地展开想象，尽可能地标新立异，与众不同，提出独创性的想法。

3. 不开批评会

开会批评他人，不仅让受批评的人很受伤，而且会对创造性思维产生抑制作用，打击参与者的积极性。如果你不想让你的下属在会议中集体缄口不言，就要禁止在"Think"的"头脑风暴"中有批评行为，千万不要说"你这想法太幼稚了""这建议可行性不大"之类的话。

即使发言者自我批评，也要进行制止。因为有时自我批评就是自谦，如果与会者全体自谦，就只能让会议开成跟风会，开成浪费时间会，这与"头脑风暴"的初衷是完全相反的。

万科、宝洁开会，各有撒手锏（1）

闻先生今年刚30岁，已经是北京一家公司的CEO。作为CEO，闻先生每天主要的工作就是不停地同员工、客户沟通。每天到办公室一打开电脑，他就会发现各类会议、会谈邀请与安排，基本填满了他一天工作的日程表。于是，他自己手书"会王"二字挂在墙上以自嘲。

这天，他正在开会，一个经常与他一起打高尔夫的徐先生来访。

徐先生是一家专业生产运动服的服装公司的CEO，闻先生让秘书将其安排其在办公室等候。

等他散会后一脸疲惫地回到办公室，发现徐先生正饶有兴趣地看着他手书的"会王"横幅。见他回到办公室，徐先生调侃地问道：

"怎么将这两个字挂在屋里？嫌自己的会多是不？不过，你要是会王的话，我就是王中王了。我这一天中很少有不开会的时候！"

"唉，我们天天开会，会不是多，是令人发指的多。不过，我纠结的是，每天开这么多会，有多少是有效的会议？怎么开会才有效？"

"呵呵，说实话，一开始担任公司CEO的时候，我也不知道如何开会效率高，后来有一个朋友建议我，向一流企业学习管理会议，我就听从了他的建议，开始研究那些成功企业。时间长了，我就发现，像万科、宝洁这些企业的开会经验就很值得我效仿。我最大的收获是每年都能节省近百天的时间，这样我就可以轻松应对公司的其他事情，也有了大把的时间用来健身、娱乐了！"

作为公司高管，很多CEO像闻先生、徐先生一样，每天不得不面对大大小小的会议。但如何开会更有效呢？徐先生的经验是向一流企业学习。

一流企业如何开会的呢？其实，每个行业的决策规律都不同，因此会议管理也不同，从而导致不同行业有不同的会议文化与特色、经验。

1. 房地产企业——把握项目节点，高管只开重要会

由于每一个楼盘都算作一个项目开展，所以，房地产这个行业的会议是围绕项目来安排统筹的。

国外一些知名企业，如日本房地产企业的东京建物，60个人能做40个楼盘，做每一个楼盘时，他们会召集8次会议，并明确会议的目的，与会者有哪些人，有什么样的议程。

万科作为国内知名房地产企业，其会议特色与东京建物惊人的相似，又有所区别。万科的会议同样要把握项目节点，但把整个会议体系从16级调整到11级，从而形成自己独有的会议文化。

一个楼盘项目，从策划拿地到房屋交付使用，是一个不长不短的过程。这期间，万科要召集11次会，通过在项目节点上开会的方式，控制项目整体进程。高管们只参加三次重大会议：拿地会、产品定位论证会、施工计划会，其余会议则交由相关执行部门以及中层管理人员完成。这样一来，高管们就不必花更多的时间开一些"小"会，可以用更多的时间运筹帷幄，做下一个项目的规划。

2. 服装企业：根据季节主线，统筹安排会议，明晰会议流程

由于服装行业季节性强，国内知名品牌服装企业，如李宁、红蜻蜓，其会议文化具有典型的行业特点，所有会议的安排都围绕着每年的订货会以及前期的准备会展开，根据季节主线进行会议决策。比如，李宁在订货会前一个月，就跟相关部门或人员倒排时间表，进行相关的准备工作，甚至为此要开一些小会。

3. 日化企业：把握项目节点，统筹会议安排

一提日化企业，人们会想到宝洁。宝洁作为知名品牌企业，不断有新品推向市场，而宝洁的会议也是围绕新产品的上市进行安排的。如，2013年宝洁有新洗发水准备上市，从新产品计划上市到如期上市这个过程中，宝洁就是运用项目会议的方式对其进行管理。

每完成一个任务就召开一次项目总结会议。完成任务的过程中，会召开一些会议，如产品决策委员会的不定期会议、中层跨部门产品线小组月度会议，以及项目小组每周会议等，这些会议是让新品准时上市的保证。

万科、宝洁开会，各有撒手锏（2）

在借鉴万科、宝洁、李宁、红蜻蜓等企业的会议经验前，还必须了解企业一年要安排哪些会议，然后对一年的"会议地图"进行巧妙的设计。

一流企业CEO或高管，每年要安排的会议包括：

1. 周期性会议

如月度会、季度会、年度管理例会、绩效考核会（半年一次或三个月一次）和有关职级晋升、高管人事变革的会议。这类会议一定要有固定的议题。

2. 里程碑式会议

这些会议是按照某一类管理流程展开的。比如，一系列的战略管理会议，其最终目的是明晰公司的战略。

3. 临时会议

临时会议是临时安排的，比如危机事件中召集的紧急会议，高管辞职引发动荡后为稳定局面召集的应对会议。这类会议没有固定的议题。

除了临时会议，CEO可对周期性会议、里程碑式会议如此设计"会议地图"：

1. CEO要从全局的角度来优化议题，明确重要问题，并根据重要问题进行会议安排，比如一年里在哪个时间开会，开几次会，并形成决策。

2. CEO要从公司全局的角度来优化议题，明确重要问题必须在某个时间来决策。

3. CEO要提前思考某些议题的解决方案，特别是召集里程碑式会议，因为这类会议的最终目的是明晰公司的战略。提前思考议题既可提高会议决策的效率，又可以使管理者的时间安排更有计划性和规律性，更能节省高管的会议时间成本。

微软、Intel，这样"谋杀"低效会议

会而不议、议而不决的会议，是大大地浪费高昂的会议成本。据相关调查显示，一个中型企业，每年由600个不同部门组织大约5000次会议，需要花费近9000万美元的成本，这还不包括高层的薪资成本和用会议时间进行价值再创造的其他机会成本。现代企业竞争日益激烈，无效的会议造成的成本浪费却是惊人的。这让很多企业不得不考虑如何组织高效会议，借会议规范决策效率。

哈佛大学毕业的杰克2008年被招聘进上海一家中等规模的网络公司，而个性比较踏实的他之后再也没有跳槽，在这家公司一直待到现在。

多年来，与他一起进公司的同事走的走，跳的跳，只有他在这家公司努力打拼，与公司一起成长。

功夫不负有心人，经过多年的发展，公司已发展成为一家上市公司，经过多年的不懈努力，2012年12月，杰克终于成为这家公司的经理。

成为经理后，他却感觉有些疲于奔命，让他感觉最累的就是召开会议，而最失败的是每次开会的预期目的基本都达不到。

杰克的朋友在微软、IBM担任过经理，当杰克向他请教如何提高会议效率的问题，他建议杰克要先找到开会效率低的原因。

以后再开会时，杰克就多加注意。不久，杰克发现自己召开或参加的会议存在如下问题：

- 经常召开十万火急的临时会议。

• 有固定的正式会议，但效率不高：缺少议程控制，议题本身与会议类型不合适，缺少提案。

• 参与者自身有问题，"一言堂"，随意打断别人发言，陈述成绩多，分析问题少。

• 经常列席一些跟自己负责的领域没有关系、亦不需知情的会议，无法做评论。

• 有些议题，参加的人不明白自己的角色，无法置评，或者提出了不适当的意见。

• 有些议题，该参加的人没有到场，无法做出决策。

杰克遇到的问题是很多企业高管层都曾遇到的会议管理瓶颈。

如何解决呢？朋友建议杰克看一下微软、IBM等企业是如何开会的。

没有会议管理经验的杰克开始收集究微软、IBM的会议资料，并巧妙运用，不久，他召集的会议基本都达到了预期目的。

微软、IBM的会议是怎样的，又有哪些值得参考的东西呢？中西方的会议文化存在非常大的差异，微软的会议，特别是微软美国公司的会议，具有典型的西方特色。

1. 微软的会议有固定的会议流程，而且坚守一个重要原则：限时开会，所有的会议都不能超过一个小时。

2. 微软开会，一定要在会议上做出决定或形成决议，而且是由懂行的人（专家或技术人员）来决定或提议，老板再听一下员工和管理层的意见。如果没有反对意见，老板就可以一锤定音了。

3. 微软从不开"一言堂会议"，会议召集者总是设法鼓励员工在会议上发言。

4. 微软开会，要求与会者不仅要带笔记，还要带着耳朵以及可靠的数据资料参会。开会发言时，既要靠嘴巴说话，又要靠数据说话。每个人在讲自己的想法时，都要用确凿的数据来做论证。

5. 微软开会，虽然没有专设协调人，但如果有人提出议案，就由他充当协调人的角色。别小看了这个默默无闻的协调人，他虽然不是公司的秘书或副总，权力大着呢，他有权决定通知哪些人来参与会议，比如要不要通知总裁，要不要通知人事部、生产部。

协调人在主持会议时，既要把会议的背景、要做的事情讲明白，又要在会场上征询大家意见，并要求各个部门就讨论的议题发表建议。

6. 很多公司的会议都无果而终，但在微软，会议主持人最后一页PPT都会讲接下来应该怎么做，提高了会议效率。

无独有偶，Intel（英特尔）开会亦是中规中矩。

Intel创办人暨前CEO安迪·葛洛夫曾说：你绝对无法避免开会，但你可以让会议更有效率。

而让Intel的会议十分高效的，正是葛洛夫亲自为所有新进员工所上的、至今Intel依然被传承的"效率会议课"。葛洛夫的"效率会议课"的步骤为：

1. 会议要了解的鸡零狗碎。在Intel，与会者在会议前必须了解会议主题，理解会议目的，清晰会议日程，了解个人任务，做好充分准备。

2. 开会的时候，要关注问题的解决，或者制订下一步计划。

3. 会后，会议管理者会及时检查决议的执行情况。

葛洛夫的"有效会议101课程"，是通过有效会议，从内部推动改变，这也让"效率会议"成为Intel独具特色的会议文化。

Google：简短高效的"钻小会"

小罗是广州某动漫公司策划部的经理，他在这家公司待了5年了，感觉这家公司什么都好，就是会太多，而且每次开会，特别是中层管理人员会议时，总感觉很无聊。

无聊之际，学美术出身的他就在会上涂鸦。有一次，他正涂鸦时被总经理发现了，小罗画的是开会的无聊，几个人围着桌子坐着，无精打采地听领导开会……

总经理拿过来看着，所有与会者都屏气凝神，以为总经理要大发雷霆了。可接下来，总经理非但没生气，反而笑了笑，说道："真没想到罗经理的绘画水平如此高……大家知道罗经理画了什么吗？"

其他经理本以为总经理会发怒呢，没想到总经理如此心平气和。于是，有人就喊道："罗经理画的是美食吧，我早晨没吃饭，早就饿得咕咕叫了！"

"罗经理画的美女吧？如果有美女陪我们开会，就会精神焕发了！"

有人想吃美食，有人想美女陪着开会……一时间，大家畅所欲言。而想想小罗的涂鸦，再看下互相调侃的与会者，两相对比，总经理觉得有些不对劲儿："为什么刚才开会时，大家没有这么高涨的激情呢？一说题外话，竟然都兴趣十足。"

总经理开始反思自己："如何开会才能开出有激情的会议，才能开出有效率的会议呢？"

几天后，总经理要去北京一家动漫公司洽谈一个项目，路过这家公司会议室的时候，发现他们正在开会，于是就向合作伙伴请教开会经验。合作伙伴告诉他，原来他们公司开会也非常没效率，可自从汲取了Google（谷歌）的开会经验后，开会效率就提高了很多。

Google是如何开会的？

Google大部分的工作都在会议中开展，通过开会进行工作，分配任务，讨论问题。Marissa Mayer（玛丽莎·梅耶尔）是Google搜索产品的副总裁，平均每周开差不多70个会，既有着十分丰富的高效会议经验，又有成功开展高效会议的秘诀。

1. 明确分工，设定专门的Note-taker

Mayer召集或主持会议，除要求每个会议有明确的议程，还要求明确分工，对会议进行管理。这其中，最重要的，就是设定专门的Note-taker（记录员）。

Google会议的一大特色就是有很多的投影，Note-taker不仅要记录会议内容，还要负责用投影展示当前会议的纪要。这个纪要就是Google的"官方"纪要，既可确保参会人员在会议上达成真正的一致，又方便会后执行。如果有谁想回头看一下会议的决议、执行方案，就可以拿这个作为参考。

2. 见缝插针，"钻"出小块时间开会

在Google，很多管理者经常用大段时间中的小块时间去召集或参加那些有特定议题的小会——钻小会。

Mayer亦是如此。她经常从大块会议时间中抽出5—10分钟（她的行程安排所允许的最短时间段）去参加那些特定的会议，如周例会、新产品发布会等等。

"钻小会"具有时间短、灵活、收效高的特性。Mayer通过钻小会的方式处理了很多事情。

3. 只要数据，不要政治

很多管理者都想开会高效率。高效率的会议是要靠数据说话的，而不

是靠管理者对某下属有好感。

一个公司开项目讨论会，如果管理者不是用数据理性地判断产品的优劣，而是看他的偏好，那么，这就是靠政治，不靠数据说话了。

4. "答疑时间"

"答疑时间"即某人固定时间待在办公室或会议室，便于他人在这个时间段找到他，跟他私下沟通，或通过开会沟通。

Mayer的答疑时间，员工会事先将Mayer的名字写在她办公室外面的一块白板上，然后她按照先进先出的方式对队列进行处理。在一个半小时的答疑时间中，Mayer可以开15个左右的会议，处理完很多事情，比如听员工谈自己的一个想法，对某市场活动表示认可。

5. 倒计时

此外，Google的会议还有一个特色：在墙上投影一个巨大的计时器，做倒计时。之所以有倒计时一说，是为了与会人员的注意力高度集中。

惠普：最高领导者的角色定位很重要

我曾经为北京一家教育公司做战略规划咨询，并列席了他们公司的一些会议。

记得有一次是开全年工作计划会，我事先把会议制度写出来，并告诫总经理：我们应该学惠普的做法，惠普的领导在会议上往往扮演一个聆听者、观察者的角色。因此在这次会议中，您千万不要做结论性发言。怕总经理忘记，我还特意将这一条贴在墙上。

会开到一半的时候，中层管理人员纷纷发表意见，很多想法都与老板的提案有差异。见下属各执一词，总经理是一脸的焦虑，而我呢，则频频给他使眼色，提醒他要淡定。

可天生急脾气的他还是急不可耐地说："以我的经验，你们的意见都不太不靠谱儿了！我觉得明年的项目应该这样安排……"

话音刚落，与会者马上闭上了嘴巴，一时间会议室变得异常安静。

会后，出会议室的路上，销售经理与生产部经理两个经理走在我前面，销售经理对生产部经理说："既然总经理早已对明年的工作计划胸有成竹，还让我们开会商量什么？"

"所谓的开会商量是走走形式，不然老总怕落专断嫌疑吧！"

找了一个机会，我把两个经理的对话如实地告诉了总经理，并提醒他，千万不要在会议上再做结论性发言。

从此，总经理没有再做结论性发言，会议的气氛慢慢变得活跃起来。

很多企业开会，都是级别最高的管理者先发言，像做报告似的讲一大堆道理，痛痛快快地过嘴瘾。这是很多管理者的通病——开会总是"一言堂"，甚至一个问题反复说，不知道A会与B会的区别，对每次会议的召开目的和个人职责不了了之。

发现最高的管理者喜欢"一言堂"，与会者怕说多了出问题，给自己招来"杀身之祸"，基本上从此就扮演着听众的角色——领导喜欢听什么，大家就顺着说什么。结果，就形成了思维定式，谁在公开场合说尖锐的话，说不同意见，实话实说，就是没眼色！

"一言堂"这样的会议，大家各取所需，可因为不能畅所欲言，所以也就谈不上群策群力，企业容易犯错误。

公司开会的时候，最高领导者既然不能做结论性发言，那么他应该做什么？如何定位自己的角色？惠普的最高管理者又是如何定位自己的会议角色的呢？

1. 最高管理者VS拉拉队员

惠普的会议类似于"Think"的"头脑风暴"会。进入惠普会议室，你会在墙上看到惠普动脑会议原则：第一，不要想过头；第二，脑袋大接力；第三，给自己海阔天空的想象；第四，保持动脑不断电。

惠普召集的会议上，最高领导者就像球场上的啦啦队队员，不时地鼓励员工积极开动大脑。

2. 最高管理者VS聆听者、观察者

惠普召集的会议上，最高管理者有时要扮演一个聆听者、观察者的角色。在会场上，各个部门经理的发言，甚至是相互辩论时，最高管理者要耐心倾听，并做出初步的判断，等下属充分发表意见，再发表建议或总结，或表明自己支持哪一种观点，赞成谁的意见。

3. 最高管理者VS授权者的角色

在惠普，如果最高管理者赞同哪一个部门或哪一个经理的建议，接下来的执行工作，最高管理者要授权这个提建议的人具体执行。由于他熟知自己的建议，执行起来会比较到位。

小贴士

很多企业开会时都是级别最高的管理者先发言，如果想开出高效会议的话，则要学习惠普的最高管理者的经验。

❶ 当好啦啦队队员，鼓励员工积极发言。这样便于进行智慧的碰撞。

❷ 要耐得住寂寞，扮演一个聆听者、观察者的角色，等下属充分发表意见后，再发表建议或总结。

❸ 最高管理者要授权提建议的人，在会后让他具体执行一些事务。

第十六章
日本、美国、韩国、英国，各有独门开会绝技

    日本、美国、韩国、英国，它们各有开会的独门绝技。例如，美国人开会不设讲台，对发言人的发言有不同看法，可以说"I disagree"（我不同意）。日本人开会爱算计会议成本，喜欢开短平快会议。韩国人开会用沙漏控制时间。英国人开会开得比较浪漫，开会期间要休会，也喝"休会茶"，但不等于不重视会议。可以说，不同国家有不同的会议文化，但有一点是共同的，那就是绞尽脑汁，想办法开高效会议。

美国人开小会，能解决大问题

小汪是上海一家医院的主任医生，前不久，他去纽约参加了一个"全球老年疾病诊断和治疗"论坛。

这是一个有几百人参加的会议，这次会议，让经常参加"长会"的小汪大开眼界。

会议主办方已经有20多年的主办经验，尽管办的是学术交流会，主办方却又另外请了一些医药厂家、制药公司的人员参会，这样就为研究人员与医药开发、生产提供了一个可资合作的平台。

这次论坛开会形式也很简洁，分三部分：

1. 各参会公司演讲。每个公司有20分钟的时间。
2. 专家问答。
3. 酒会交流。

借这个平台，小汪结识了一家医药公司代表，之后，在他的协调下，院方与那家公司达成了一个项目的合作。这是小汪这些年开会最大的收获。

美国企业以及一些民间会议是超讲究效率的，那么美国政界会议是什么样的呢？

我的一个朋友曾参加总统先遣队的工作。具体地说，美国总统要访问一个国家，朋友参加了筹备工作。当时，参加筹备工作的先遣队员有数百人，阵容庞大，不过，大家都各司其职，忙而不乱。

总统到达这个国家的第三天，他们开了一个大会。开会时，白宫的一个级别很高的工作人员——总统助理迟到了1分钟，他非常抱歉地说："很抱歉，我浪费了200分钟。"

也许有人会说，这个总统助理的数学是不是超差？他会不会算账啊？事实上，这个总统助理很会核算"迟到成本"，他是把参加会议的每一个人都包括进去了，当时参加会议的有200人，每个人1分钟，200人不就是200分钟吗？美国人开会爱计算成本，这是朋友参加美国会议的最大收获。

如果你有机会参加美国会议，你会发现，美国的开会文化与中国截然不同。

1. 追求开会效率

美国会议管理中的第一条，就是规定开会必须有一个目的。会前，主办方会考虑：我们是否需要开会？开会的结果应该是什么样的？如果不需要，则不开。

美国没有形式上的会，所有的会必须有主题，而且要主题鲜明。

美国会议的议程很有意思，常附有谁有什么事要在会上讲，别看不起眼，却能解决重要问题。

2. 经常开有目的的小会

林语堂说：一个人的讲话要像女人的裙子，越短越好。没必要就不说，有必要就短说。我们国人习惯了开大规模的会议，但在美国，则是会议越少越好，而且少有大型的会议，多是小会，越短越好。

3. 是否参会不强制，自愿参加

美国人开会，常常是向特定对象普发邀请，因为只是邀请而不是命令，所以是否出席就可根据自己的意愿与兴趣。如果你愿意参加，那就去，反之，则可以不去，连请假也不用，没人批评你、处分你。自愿参加会议的，一是会议议程与自己有关，二是自己乐意参加，所以，与会者在开会时多能积极参与。

4. 发言要预约

在美国，开会是有时间限制的，一般的会议就开一个小时。如果谁需要在会上发言，一定要注意时间限制。通常，做主旨发言的一般有15—20分钟；其他发言者，通常只有10分钟。

而在国会众议院大会发言，每位美国议员一般只有2—3分钟，而且要向负责人预约。不预约的话，一般是不会给你发言机会的。

5. 不设讲台

美国人开大会时，大多不设主席台，谁讲话谁就走到话筒前讲就是了，等主讲人讲完了，有意见的人和想提问的人可以找一个话筒发问，主讲人会一一回答。

如此开会，听众可以带着问题来，带着答案走。这让很多与会者都乐于"掺和"，会议也常开得十分热烈。

6. 开会口头禅"I disagree"

美国人开会时，特别有不同意见时，可以直接对老板说"I disagree"，即我不同意你的意见。之后可以畅谈自己不同意的理由，可以直接针对问题讨论。因为美国会议没有会议政治，不必担心老板的面子以及自己的职场前途。

7. 可以中途退场

美国人开会，可以中途退场，而且其他与会者一点儿也不在意。

我的一个大学同学王磊曾多次参加美国国会有关委员会举行的听证会，他第一次去参加听证会时大开眼界。听证会开始时只有几十个听众，可开到中途就有人退场。到会议快结束时，会场上只剩下一半人，让王磊大跌眼镜的是，主讲人照常讲自己的，一点儿都没有气馁。

8. 开会时领导不做指示

在美国，由于少有自上而下的会议，所以在开会时多是普通与会者发言，各级领导或管理者只在一边旁听，少有命令、指示。所以，美国人开会，时间紧，可会议氛围绝对放松，绝不紧张。

9. 会议结束，讨论并没有结束

国人开会，会议结束，争论也随之结束。可美国开会，以目的为主，以结果为主，会议结束后，可以进一步讨论。

日本人开会斤斤计较，只赚不赔！（1）

　　叶子是北京一家贸易公司的销售部经理，公司的会议非常多，但叶子特别不喜欢开会，所以她一直想跳槽。正好叶子的一个大学同学在上海一家日资企业做总经理助理，公司销售部经理又辞职了，在同学的引荐下，经过面试、笔试等考核，她如愿以偿地成为这家日资企业的销售部经理。

　　没多久，她感觉自己又跳到了火坑里。因为日本人喜欢开会，在日资企业，很多决议都是大家一起讨论决定下来的，基本不可能让某个人做决定。

　　虽然不喜欢这家日资企业总开会，可又不能马上跳槽，所以叶子就只能在公司开会的时候强打精神。可过了一段时间，她有了新的发现，原来日本人开会特别喜欢斤斤计较，总是力求开会时稳赚不赔！

　　如此计较的会议，竟然让叶子有了眼前一亮的感觉，并慢慢喜欢了"斤斤计较"。因为算计着开会，会议程序与步骤简单明了；算计着开会，节省大把大把的时间，效率高。

　　日本人开会，为什么爱斤斤计较，又如何斤斤计较呢？

1. 太阳工业公司如此计算会议成本
　　日本人做事喜欢抱团，遇事要团队一起做决定，多数决定都是大家一起开会讨论后通过的。可喜欢开会的日本人并不喜欢开冗长的会议，他们认为那除了让与会者精神疲惫外，还会导致真金白银的损失。

日本太阳工业公司曾经算过这么一笔账：会议的机会成本=每小时平均工资的3倍×2×开会人数×开会时间（小时）。之所以平均工资要乘以3，是因为参会人员创造的劳动产值通常是平均工资的3倍，而乘以2是因为参加会议要中断日常工作，因此损失要以2倍来计算。

2. 日产汽车的小算盘打得更响

最会计算成本的非日产汽车莫属了，日产汽车凭借精确的会议成本计算，只开有效的会议，而有效的会议方式，就能让日产汽车省下了60亿日元成本，可以说是稳赚不赔！

而日产汽车的会议成本算式为：会议成本=人数×时间×薪资单价。

日本人精准地核算会议成本，小算盘打得如此响，无非是想开出高效率的会议，可如何开出高效率的会议？

为开出高效的会议，日本企业是八仙过海，各有绝招。

1. 日产汽车：简化会议程序

会议程序繁杂是导致会议低效的一个重要原因。日产汽车把开会简化为四大步骤，以此确保会议高效率：

第一，确认开会目的。以明确的目的决定会议形式，让与会者有备而来，有收获而去。

第二，慎选出席者。这样就能精简与会人员，并较好控制出席者的质与量，从而保证会开得短而快，快而有效。

第三，确定开会形式。开会需要在正确的时间，用正确的形式开会，选对开会形式，才能开出成功的会议。

第四，完美结束会议。开会应该会而有录。日产汽车开会总要确实记录会议内容，这有利于会议决议执行的跟踪、检查。

2. 企业家士光敏夫：高效会议应该"短平快"

如何开出高效会议？日本著名的企业家士光敏夫见解独特。他认为，开会只有保持"短平快"的特色，才能有效率，并提出了著名的"五提倡会议律"：

第一，开短会，所有会议的时间都不应超过一小时。

第二，站着开会。

第三，提倡所有与会者都要发言。

第四，提倡发言时间要有节制。

第五，提倡各抒己见，勇于争论。

这就是士光敏夫所倡导的"五提倡会议律"，其中有三项都彰显着管理界所倡导的"会议要保持短平快"的理念。

3. 日本效率协会的高效率会议技巧

为确保会议卓有成效，日本效率协会总结了11个开会技巧。

第一，不可随意无目的地开会。

第二，会前，对会议目的及讨论方式要心中有数。

第三，控制参加会议的人数，与议题无关者不许参加。

第四，严格遵守时间，一次会议以不超过2小时为宜。

第五，主持人有维持讨论秩序和做出明确决定的责任。

第六，避免插入与会议无关的话题。

第七，把会开得生动活泼。

第八，主持人每隔3—5次发言做一次小结。

第九，发言要简明扼要，每次不超过1分钟，一次谈一件事。

第十，会议结束时，主持人要与全体与会者确认会议的结论。

第十一，主持人应对会议记录负责。

日本人开会斤斤计较，只赚不赔！（2）

我的一个朋友是北京某食品协会的理事，前不久，他应邀出席日本的一个食品博览会。他发现，日本人开会与国内某些会议的差别相当大。

1. 日本人开会特"小气"

在国内参加某些会议，往往会有各种装资料的袋子或礼品，而且会议资料很厚，设计很精美。本来是"一次性使用"的东西，也如此讲究，显然有些浪费。

去日本开会，既没有资料袋，也没有礼品发给与会者。虽然主办方看上去很小气，可这会开得却相当环保。

2. 日本人开会"走形式"

开会前，日本人会将开会的内容汇编成会议纪要，将会议结论提前决定下来。开会就按照那个纪要走。开会当天，会场门口立着有会议日程和发言顺序的大海报，英文、日文各一份。

除此之外，会议安排、发言顺序也会提前安排，并在确认回执里发给与会者。

3. 发言也展示

在国内，发言是很私人的事，一般不会向他人展示。而在日本，特别是在一些学术交流会上，主办方会在开会前要求与会者把交流发言都制作成展板，在会场内展示，闭幕式上的一项重要工作，就是让代表们投票评选"佳作"。

4. 开会餐很清淡

在日本，开会有会餐，却是分餐制，每人一个食盒，盒中只有简单清淡的几样菜。如果吃不饱，可以去一边的食品加工区，让工作人员给你煮点儿面条或来点儿炒饭。

如果你吃习惯了国内的会餐，相信你会感觉日本太小气了。

5. "恳亲会" VS非正式会议

一提"恳亲会"，很多人会认为这是拉关系的会议，恳亲的意思不就是"恳求您跟我亲近吗"？日本的"恳亲会"，其实就是会后会，相当于一些正式会议的宴会。只不过这样的宴会是边吃边谈正事，谈会上没说透、没解决的问题。

一边吃一边说事，肯定大家都会积极参与，这会议的气氛肯定很不错。

韩国开会：就要学三星

Alice（艾利斯）在广州一家高新制造企业任工程师。由于这家公司是韩国的一家分公司，总部在韩国，所以他的公司中有一些技术专家与高管是韩国人。

由于工作需要，公司经常召集会议，作为公司资深员工，Alice也免不了去参加一些会议。

Alice一大学同学兼死党最近来广州出差。Alice就趁机设宴招待老同学，以尽地主之谊。

席间，几杯酒下肚，老同学之间的话多了起来，说着说着，就说到了韩国人开会的事情。老同学问他，韩国人是怎么开会的？

"韩国人开会，特别一些企业开会，如三星，凡是开会，必有训练。最有利于提高会议效率的，是那些专门培训员工如何开会的会议。在这些会议上，员工能掌握一些开会技术，如何主持会议，如何做记录，如何在会场做汇报。"

"三星为了让员工开会，真是处心积虑啊！"老同学感慨道。

"所以啊，如果谁想学韩国人，就可以多看下那本书——《开会就要学三星》。"

广州会议结束后，Alice的同学设法买了一本《开会就要学三星》，读了这本书后，他发现三星开会有三个基本的原则。

1. 避开业务"高峰期"

三星从来不在周三开会，因为这一天是工作最紧张、最繁忙的时候，开会会影响人们的工作热情，影响正在开展的业务，为了让员工集中精力工作，三星会将会议时间错后或提前。

2. 用沙漏控制时间

很多公司开会时都是限时开会，但只限定时间，不控制时间。为有效地控制开会时间，达到限时开会的目的，三星在会议室放了沙漏。

沙漏计时并不是三星的独创，而将沙漏搬到会议室却是别开生面，既可让人眼前一亮，又可提醒与会者严格遵守开会时间。

三星的会议时长1小时，最多不超过1个半小时。

3. 会议记录力求简洁明了

三星开会，既会做会议记录，又必须整理会议记录。为了让会议记录简洁明了，设定专人整理会议内容、记录，将繁杂的会议内容整理成一张纸后，下发给与会者和相关人员。

不仅如此，三星开会，还有很多看起十分老套，不怎么起眼，可运用起来却非常给力的技巧。

1. 前3页PPT中要有会议议题

三星开会必须有明确的议题，而且要在为会议准备的PPT前3页中显示出来，这让会议议题一目了然。如果一个议题一定要有结论的话，也要事先通知与会人员。

当然，三星开会也会明确会议议程，与议题一样，会议议程要让会议运营人员在会前下发与会人员，让他们了解开会的目的、时间与内容，并有充分的时间为会议做相关准备，在开会前安排好自己的工作，避免因开会而耽误工作。

2. 发言既不能跑题，又要言之有物

三星开会既要求与会人积极参与，会议监督官又会随时打断跑题或过长的发言。同时，还要求发言时或会议讨论阶段，与会者要言之有物，不能泛泛而谈。

3. 会议设有纪律检查官

家有家法，会有会规。为确保与会者遵守会议纪律，三星在开会时设有纪律检查官，这个角色通常由主持人兼任。如果发现有人迟到，或会议不按议程或流程进行，或开小会，或有攻击他人行为，就要对相关人员进行处罚。

4. 开会必有结论，并要落实

三星开会，有一简单却很有意思的公式：

开会+不落实=零

抓住不落实的事+追究不落实的人=落实

三星开会，必须有结果。否则，就被认为是浪费所有与会者的时间。为避免这一点，在开会时，会议主持人设置时间提醒，不断提醒与会者还有20分钟或10分钟就结束会议。

同时，三星开会必须形成结论，并当场宣读确认，确认的结论会后马上执行。没有确认的结论，可另行讨论。

英国人开会：只开有必要的会议

John（约翰）是英国一家做进出口贸易公司的亚洲区销售总监，也是我在英国留学时的同学。John经常来中国视察工作或开会。每当开会时，都要请我列席，提一下建议。

小丽是John手下的员工，每当听说John要开会，我发现她与同事都像打了鸡血一样兴奋。

《有效会议》一书的作者巴巴拉·史翠贝认为：当你真正需要参会人员展开讨论的时候，开会才有必要。而John召集大家开会，是因为有事需要讨论时才开会。再就是每次开会时，开到一定时间段，总会暂时休会，喝"下午茶"。

英国人很喜欢喝茶，而且很讲究，即使开会也不喝清茶，而是喝奶茶和柠檬茶。下午茶时间，John会给大家讲一些题外话活跃气氛，讲如何调制奶茶、柠檬茶。

奶茶、柠檬茶的制作很简单，往杯里倒上冷牛奶或鲜柠檬，加点儿糖，再倒茶就OK了。可调制顺序很重要，必须先向杯子倒牛奶，如果倒茶后再倒牛奶，会被认为缺乏教养。

John开会时的"下午茶"是为了活跃气氛，所以，与会者只是意思意思，就很快言归正传，继续开会。接下来的会议时间，小丽与同事没有一点儿疲倦，精神十足地开会。

有必要开会，才召集大家开会，休会时喝"下午茶"活跃气氛，这是

John开会时的技巧。其他英国人如何开会，如何成功地开出高效会议呢？

1. 高效会议源于充分策划

英国人开会时，会场会提供茶点或便餐，参会人员也只是意思一下，不会在会场大吃大喝的。

导致会议失败的原因有很多，如会前准备工作不足。

在召集会议前，英国管理者多会考虑：自己是否真正需要参会人员展开讨论？如果需要，就召集会议，而且会在会前制订详细的计划，哪怕在准备会议议程的时候发现其实并不需要开会，用电子邮件、备忘录或正式谈话等方式完全可以解决问题，那么就会取消会议，从而减少了不必要的会议。

2. 高效会议源于充分准备

如果一个会议事先进行了充分的准备，就会开得十分给力。开会时，会议主持人和发言者只需要做简单的说明，就直奔主问题；否则，就会耽误大家的时间。

总部位于英国的环球唱片公司每周都要召集经理人开一个小时的例会。会议负责人在开会之前就清楚地告诉与会人员会议所需要的时间，这样，他们就可提前安排好自己的工作，安心开会了。

3. 高效会议VS简单会议

英国人的会比较简单，这个简单既是流程的简单，也是发言的简单。

英国主持人的开场白比较简单，很少有与议题无关的废话。管理者发言也简单，很少轮流发言。

4. 高效会议VS与议题有关的人员

英国人开会，让谁参会，则是精挑细选，严加控制。需要知道会议结果但不需要发言的人，可以事后获得会议纪要，但不会安排出席会议。

5. 懂得商业会议行为潜规则

会议需要沟通，但沟通不是开会的终极目的。会议的终极目的是通过沟通达成共识。所以，英国人开会，作为普通与会人员多懂得商业会议行为潜规则，如作为普通与会人员，有人让你发表意见，并不意味你可以高谈阔论，而是需要你支持或赞赏发言者观点的信号。

6. 解散会议，并不意味会议的结束

英国人开会形式简单，却不意味着会议结束就万事大吉了，他们非常重视会议结果的落实。会后24小时内，所有参会人员都会收到一份强调会议结论的纪要，在这份会议纪要中，既有会后具体的执行、行动计划，还有哪些议题需要讨论。

在英国一些公司，新员工进入公司，会对其进行训练，训练的基本课目之一就是教员工如何汇报工作进度，包括如何用电子邮件汇报进度，邮件的内容与形式如何等。所以，每一个与会者都清楚地知道会后应该何时何地向谁汇报工作。

小贴士

英国的企业每天都要举行许多大大小小的会议，非常把开会当回事。

❶ 英国人开会一定是开必要的会议，如果有其他方式实现开会的目的，就不会召集会议。

❷ 英国人开会虽然要休会，可开会力求简单、有效。所以，他们开会时，会议的组织者或主持人，或发言者，就可做简单的说明或直奔主问题，避免浪费所有与会者的时间。

第十七章
各式会议，各有妙处，时尚会议如何开？

在电脑与网络普及的年代，在会议室中坐着开会早已落伍了。如今，新颖而时尚的开会形式不一而足，而且已成为开会的主流形式。比如，很多跨国公司都在使用的一种新的开会模式——站式会，既节省时间，灵感又来得快。

新颖而时尚的开会形式不胜枚举，但具体到你的会议运用哪一种形式，则要根据会议需要和公司的实际情况选择。

咖啡厅变会场，会议就能开出"花样儿"

开会是现代职场人士的"家常便饭"，是最常见的沟通方式。但同样是开会，是站着开，还是坐着开；在会议室开，还是换一个场所，相信管理者各有各的开法。

小李是北京一家广告公司设计部的主管，经常召集员工开会讨论一些设计上的问题，但他感觉自己开会的效率却一直提不上去。

比如那次星期五开会。那天，他们开会讨论给一家公司设计的logo（标志），小李让员工们畅谈自己的想法。员工们倒是七嘴八舌，你一句我一句地说来论去。到散会的时候，什么也没讨论出来，更别谈效率了。

后来，小李跟一个大学同学聊开会的事儿，同学说他们公司正在创新开会形式，并建议小李将会议形式变得新颖一些。员工对开会感兴趣，开会效率自然会慢慢提高。

广告行业是创新性强的行业，成功的作品与案子需要有创意，创意是需要灵感的，也许就是灵光一现，灵感就来了。

偶发的灵感需要随时记录。为此，同学向他推荐了有记录功能的数码白板——M-Lady。这个数码白板可很轻松地将会议记录下来，记录内容可用U盘或电脑保存。

小李听了同学的建议，买了M-Lady。第二天，有一家公司要搞推广活动，决定把一些与推广活动相关的项目交给小李他们做。小李于是召集大家开会讨论。讨论时，他站在M-Lady白板前面，一边讲自己的想法，一边在白板上写写画画，然后打印，分给大家看。大家对白板这种奇妙的功能十分感兴趣，很多人跃跃欲试，上台去体验。

那天，小李的下属各抒己见，讨论得很热烈。正所谓众人拾柴火焰高，此次会议成果显著，很多创意都获得了对方公司的认可。

尝到了甜头，小李又陆续尝试了好几种新的开会形式，将大家开会的积极性一下子调动了起来，开会效率自然提高了。

很多人不喜欢开会，是因为开会从内容到形式都很枯燥。就像让人天天吃一道菜，一成不变，时间长了，菜再好也没胃口。

开会要创新，无非是两个方面：一是内容，二是形式。如果一个企业的管理者不能从内容上创新，可设法变换开会形式，不拘一格，灵活多变。

当然，也可以变换一下开会地点。

1. 餐桌变会桌

如果企业有经济条件，可采取多样的形式开会，如经常举行餐桌会议、茶话会。

2. 咖啡厅变会场

公司开会，有条件的话要不定时地变换开会场所，除了在公司会议室、酒店，也可召集员工去环境比较安静的咖啡厅开会。这样，更能提高与会者的热情，从而提高会议效率。

在"裸体会议室"开"站会"，妙不可言（1）

很多公司开会习惯了各级管理者在台上发言，员工坐在台下，竖着耳朵听。不过，如果你以为世界上只有这一种开会形式，那你就落伍了。因为现在会议的形式千奇百怪，什么稀奇古怪的开会形式都有，比如，在"裸体会议室"中开会。

"裸体会议室"是什么样子的？是不是所有人不穿衣服开会？NO！你的想象力太不丰富了。

2012年，我带人去深圳一家网络科技公司谈一个项目合作，路过这家公司会议室的时候，看到门口标有"裸体会议室"的指示标牌。见我对这个标牌十分感兴趣，他们的接待人员小吴问我："要不要进去参观一下？"

"好啊，我正想体验一下在'裸体会议室'开会是什么感觉。"

"那好，我就将一会儿的洽谈会安排在这间会议室。"

"OK！"

半小时后，我们一行人进入"裸体会议室"，我一下子傻眼了：因为这间约20平方米的"裸体会议室"基本是"家徒四壁"，空空如也！要不是房间一角有两块写字用的小白板和一张放笔记本电脑、投影仪的小方桌，我真怀疑自己走错了地方！

"怎么没有桌子椅子啊？这会怎么开啊？"

"这个会议室原来有一张长条形会议桌，有十几把椅子，后来听说站着开会比坐着节省34%的时间，公司决定用这间会议室验证一下效果如何，于是就把桌椅全部都撤走了！"

听小吴这样一说，我恍然大悟："原来'裸体会议室'就是没有桌椅，要站着开会的会议室！"

小吴又对大家道："这间会议室被命名为'裸体会议室'还有一个原因，就是不许员工带电脑和手机。所谓的裸体，在硅谷就是无笔记本会议的意思。因为硅谷开会时，一些员工老开着笔记本电脑或者拿着手机狂发邮件和上网，为对付他们，硅谷就想出了开'裸会'这招。"

在"裸体会议室"开会，一是不玩手机、电脑，二就是站着开会。

可会议效果如何呢？我正在胡思乱想间，主持人宣布："现在开会，大家站成相对的两排，随意站就行，站累了可以换一个姿势……对了，千万别站错队！"

于是，双方站成两排开会。而我开始看表，到会议结束，我发现，整个会议只用了40分钟。而这个会议原本计划要一个小时。

虽然站着开会有些累，可提前结束了会议，再累也是值得的！

后来，我还参加过几次"裸体会议室"会，都是在两条腿感觉到累之前，会议就结束了，开会效率还是相当高的。

其实，开会这件事儿简单比复杂好，而要把开会变成简单的事儿，就要讲究开会形式，如在"裸体会议室"开"站会"。

站式会议的灵感来源于美国的实验数据。美国的一个研究发现：站着开会比坐着开会可以节省34%的时间，而且会议效果与坐着一样棒。

站着开会真是好处多多。

1. 没有机会打瞌睡

经常开会的人都知道，开会时间长会犯困，但站着开会就没有机会打瞌睡。如果你的员工经常在台下打瞌睡，你就让他站着开会，这是对付会场瞌睡虫最好、最给力的方式。

2. 灵感来得快

如果你召集员工开头脑风暴会、创意会，一定要开站会。有心理学家研究发现，就灵感出现的速度而言，站着比坐着要快30％。所以，让员工站着开会，既能让他们集中注意力，又能让他们充分发挥想象力，金点子哗啦啦地往外涌。

3. 节省时间

站着开会很累，与会者都急于结束会议，自己的发言会直奔主题，有人发言啰唆，说长话或发言时间长，就会遭到其他与会者的白眼，这样就能减少开会时间，甚至能将长会开成短会。

4. 加快决议的形成

与会者站着开会，容易感觉枯燥，自然会踊跃提出问题和建议。这既会提高讨论效果，也容易让会议尽快形成决议。

在"裸体会议室"开"站会"，妙不可言（2）

传统的会议都是坐在会议室开，而且很多会议长而低效，而"裸体会议室"中的"站会"如一股春风，既刷新了开会形式，又给很多企业带来了高效会议的希望。

现在，佳能、三星等公司都流行在"裸体会议室"开"站会"。原来佳能电子也是开"座会"，特别是涉及重要经营战略的经营会议，每次开这样的会，大到社长，小到事业部的负责人，都在会议室齐聚一堂。每个月都要召集两次十几个小时的会议，但大多数的会议只讨论了一些没有多大意义的东西。

为了让会议开得有效率，酒卷久担任佳能电子社长后，决定刷新开会形式，改开"站会"。

佳能电子的"站会"是如何开的呢？当然也是在"裸体会议室"开，而且开得别开生面，有很多奇妙之处。

1. 椅子搬走，围着有"木屐"的桌子开会

开"站会"时，会把会议室所有椅子都搬走，并加高了原来较矮的桌子，给桌腿套上了大约30厘米高的可以随时拆装的自制"木屐"，以方便与会者站着开会。

2. 与会者必须发表意见，否则请退场

为了提高开会效率，佳能电子要求与会者必须发表自己的意见，在会

议中没有发表过一次建议的与会者，将被禁止出席下一次会议。

3. 要用正确的表达方式表达

与会者必须用正确的表达方式，禁止用暧昧而不负责的表达方式，如"大概……吧！""我觉得可能……""负责人说……"这样不确定的表达语。如果有人连续5次使用不确定的表达语，就会被强行赶出会场。

4. 禁止携带和分发资料

很多公司开会前都要分发资料，并要求与会者携带这些资料，可是佳能电子却反其道而行之，禁止携带并分发资料，让与会者把自己需要的资料放到会议室的投影仪上，看着投影仪上的资料来开会。

佳能此举是为了避免员工在开会时只专注于看资料，或发言时照本宣科地读资料。当然，也担心发资料会浪费纸张和时间。

在传统的会议室中开"座会"，要花十几个小时，同样的会议，现在站着开，只用4—6个小时就开完了，会议时间最高甚至缩短了75％。

"裸体会议室"开"站会"的效率是惊人的，但你召集的会议是否一定要采用"站会"，倒也不一定，有以下注意事项：

1. 要从实际需要出发

站着开会累，"站会"适合一个小时之内的短会，如早会和例会。如果会议要持续很长时间，而且需要多个部门沟通协调，最好不要选择开"站会"。

2. 选择"半裸"还是"全裸"，灵活变通

如果与会人员随时需要看网页，最好允许与会者带笔记本电脑开会，开"半裸"会。

3. 事业单位开会，要选择"半裸"

事业单位开会，特别是有重要领导或年纪大的领导参加的会议，可参考泰国的商会年会模式——"有坐有站式"：主席台正中有一个话筒，没有桌子，发言的人肯定要站着发言，而会议室一侧摆着一个大沙发，可以让领导们坐在沙发上开会，其他人站着。

4. 尽可能站得舒服一些

如果会议时间较长，总站着不动，确实比较累，所以开"站会"时，要用舒服的姿势站着，并且别老站着不动，应经常更换站姿，尽量减少腰和腿的负担。

网络视频会议：开会先开机（1）

　　10年前，小贾毕业于北京服装设计学院，毕业后进入上海一家服装公司。小贾大学时的同学小李与小赵，分别在广州和北京工作。

　　如今，经过多年职场打拼，小贾、小李、小赵三人都成为职场精英，跻身公司高管层。作为企业管理者，三人都要给员工开会，但开会方式不同，当然产生的结果也不同。

　　这不，春天刚到，小贾、小李、小赵都开始陷入文山会海之中。最近，小贾所在的上海服装公司要召集各省分公司经理开新产品研发会，地点定在杭州，开会流程是：总裁办公室以及生产管理部、市场部等相关部门提前两周筹备会议，包括将会议通知下发与会人员，通知何时开会，准备什么资料，等等。开会时间5天，往返1天，2天游玩。60名与会者的差旅费和食宿费人均5000元，一共30万元。

　　小李所在的广州某服装公司则把会议地点设在总部，并完全颠覆了以往开会的传统形式，而是用比较时尚的形式——开视频会议。小李他们公司把会议时间定为两天，分公司经理无须出差，除了购买视频会议系统的费用、与会人员的时间成本，基本没其他费用。最为重要的是，由于无须离开办公室，小李还可以处理一些日常事务，开会效率比小贾的上海服装公司高两倍。

　　小赵所在的北京服装公司正在大规模拓展业务，除北京总部，在全国其他省份还设立了多家分公司，销售人员分散性大。作为总经理的小赵，想及时掌握各地分公司的销售情况，并希望能通过及时沟通解决一些问题，这样就得经常开会，有时遇到问题要立即开会协调解决。让小赵纠结的是，经常召集各地销售员到北京开会成本太高，不太现实。怎么办呢？有朋友建议小赵启用远程视频语音来开会。小赵公司正好有一名员工小孙是电脑高手，小赵就把组织远程视频语音会议的具体任务交给小孙负责。

小孙对QQ、MSN等网络工具驾轻就熟，最后，小赵还是决定使用腾讯RTX即时通讯软件来开会。如此开了一段时间的会后，小赵发现自己的会议成本节省不少，开会效率也提高不少，可以说是受益匪浅。于是，同学聚会时，他建议小贾多开视频会。

随着企业信息化程度的提升，视频会议已经逐渐成为很多企业开会的主要形式，网络会议除了兼具传统会议形式的功能外，还避免了传统会议的种种不足和弊端，如网络会议可以同时支持文本、语音和视频方式。利用RTX，小赵公司可以召开多部门、跨地区的网络会议，也可以通过拨号上网与在外出差的销售进行语音交流。

要想对网络会议驾轻就熟，就要多了解一些相关的常识与技巧。

1. 即时通讯VS专业视频

由于传统的商用视频会议产品，如QQ、MSN等即时通讯软件，有语音、视频并行，信号高质稳定等优点，并具有支持会议议程安排、电子投票和表决、实时传输会议过程中的交流性文字和文件等功能，一直是商用视频会议市场的主打产品。

当然，即时通讯软件的稳定性和安全性还有待进一步加强，这类型软件一般都存在一些类似的缺点和风险。比如与会人员在会议过程中会漏掉信息、忽略重点；有时会议过程还会遭到黑客攻击，导致企业绝密信息泄漏等。

2. 商用视频会议系统VS现场会

商用视频会议系统可监控会议现场，保密性与安全性强，谁半道离席，谁不好好开会，都一目了然。

3. 软件视频VS中小企业

视频有软件与硬件之分，未来的市场格局也许是硬件视频适合高端用户，而软件视频则更适合中小企业用户。所以，管理者选择用软件视频还是硬件视频，要根据公司的规模、性质等具体情况而定。

网络视频会议：开会先开机（2）

网络会议怎么开呢？

1. 会前的鸡零狗碎

• **事先了解你的装备**。开会前，会议召集者或管理者要多花时间了解自己的会议装备。比如，如何把镜头角度预设进遥控器里，如何把镜头对准大部分人等。

• **提前了解接入密码**。作为会议召集者，每次开会都要向与会者发一个虚拟会议的邀请，成功发出邀请的前提是要有一个流程指导和接入密码，这样就可让与会者知道如何登录。

• **事先发放议程与视觉辅助材料**。开会前，要向与会者发放议程和视觉辅助材料，如幻灯片。如果开会需要用一些软件的话，与会者必须提前下载，这样，在开会时可以避免因技术问题而延迟开会时间。

开会前要明确开会时间，如果与会者处于不同时区，一定要告知每一个与会者所在时区的时间。

• **容易引起争论的问题提前沟通**。在时间上，远程会议比坐在会议室开会更为紧张。为节省会议时间，会议召集者或管理者要把可能引起争论的问题提前用电子邮件通知与会者，提前沟通，以避免开会时引发争论。

2. 开会了

• **开会先开机**。开传统会议，第一件事情就是关手机。这是基本礼仪，也是会场纪律。可利用RTX开视频会议的第一件事情就是开机，打开电脑。

• **创建"网络会议室"**。打开电脑后，会议召集者或相关人员可进入软件主操作界面下面的"进入网络会议"，打开会议室，选择要参加本次会议的人员后，确定会议召开的时间。至此，一个"网络会议室"网络会议就创建好了，大家就可"坐在会议室"中开会了。

• **呼叫与会者开会**。创建"网络会议室"后，一定要在线呼叫某人："开会了，快上RTX/MSN。"这是网络会议召开前的必修课——召集工作，之后就可以开会了。

很多企业的网络会议使用的是微软的MSN Netmeeting（微软网络会议程序）软件系统。Netmeeting为会议提供了三种互动式交流界面——聊天室、白板和音频视频输出（入），而且操作简单。

1. 安排会议

事先安装MSN Netmeeting，开会时，打开电脑，先单击"工具"菜单中的"联机协作"。再单击"安排会议"选项，系统弹出"会议"对话框。接着，就像写简历一样对号入座。把一切详细资料填写好后，可单击"发送"。

2. 开会了

当你单击"工具"菜单中"联机协作"的"现在开会"选项时，正常情况下，会弹出"联机会议"工具栏，同时Windows任务栏的系统托盘上会有一个名为"MSN Netmeeting"的程序图标出现。

此时，你可再右击系统托盘上的"Netmeeting"图标，选择"打开"。

接下来，就可点击"呼叫"按钮，召集你团队的队员开会——"现在开会了！"

3. Web讨论

开会免不了讨论，在虚拟的会议中如何进行讨论？你可轻轻单击Word 2000"工具"菜单之"联机协作"中的"Web讨论"，并在弹出的工具栏中选择"在文档中插入讨论"按钮，与会人员就可以进行讨论了。

4. 展开虚拟白板

如果你的话题需要很多反馈，或者需要决策，可借力虚拟白板或即时消息聊天空间。这些工具既可帮你发表自己的答案和观点，又可记录他人的发言，如其他与会者在什么时间说了什么话，都可用虚拟白板进行记录。而这些记录有利于你集思广益，做出正确的决策。

电话会，让忙老板分身有术

张总经理是一家电器公司的老板，他经常到外地出差，可又需要给下属们开会。他没有分身术，出差的地方与公司总部往往远隔千里。怎么办呢？世界上有没有一样东西，能满足管理者出差在外也能召集员工开会的需求呢？

大千世界，无奇不有，对于那些经常出差，又需经常开会的管理者来说，最棒的帮手就是电话，一根细细的电话线，可以让管理者召集电话会议。如，张总经理去上海出差，需要给广州、深圳等地的下属开会，这时他可以打开PPT，用电话会议系统给广州、深圳等地的下属同时开电话会。

袁经理是一家大型饲料公司的销售总监，经常要与出差在外的销售人员沟通联系，安排布置工作。公司有50多个销售员，他每天都要打几十个电话，既耗费大量的时间和电话费用，又疲劳不堪。

在朋友的推荐下，袁经理尝试用"优听"开电话会议。原来他每天要给销售人员打几十个电话，使用"优听"后，只需要拨打一个电话就能全部搞定，大大节约了沟通的时间成本和费用，业绩自然也是迅猛上升！

没分身术，照样在千里之外召集下属开会。能帮管理者实现这个愿望的，就是电话会议，确切地说，是用"优听"等软件系统开电话会议。

电话会既可让老板分身有术，又可节省工作时间与其他成本，多么神奇！可如何才能成功地开一个高效电话会议呢？用"优听"开电话会议，又要注意哪些事宜呢？

1. 电话会也要有议程

相比在会议室中开会，开电话会时，与会者的注意力更易转移，有时甚至会忘记自己什么时候发言或讨论。所以，电话会也必须有会议议程，而且议程必须简短，严格按议程开会，这样才能避免电话会被"绑架"。

2. 电话会也要有主持人

传统会议需要一个主持人，开电话会也要有主持人，主持人既要严格控制会议议程，又要引导会议进程，鼓励与会者积极参会，并保证人人都有机会发言。

如果发言人表达方式有问题，主持人还有责任引导通话。如某人发言不清晰时，主持人可如此引导："请说得再详细一些，大家都想知道一些更具体的措施。"

3. 不能使用没有静音功能的手机

电话会议是一个虚拟会议室，可与传统的会议室一样存在致命的缺陷：易受环境的干扰，如果手机没有静音功能，就很容易接收或放大背景噪音，所以，进入电话虚拟会议室一定要使用有静音功能的手机，避免手机噪音对虚拟会议的干扰。

4. 参会人员越少越好

开电话会，更要精简与会人员，最好控制在6人以下，最多不能超过10人。最好是参会人员素质较高，在有异议时，能控制好自己的情绪，否则，与会人员吵吵嚷嚷，就会导致会议陷入混乱局面。

一个成功的电话会议，除需要使用静音功能的手机，有一个优秀的主持人外，还要运用一些操作技巧。

1. 与会者自行拨入

所谓电话会议，就是虚拟一个会议室，把分布在不同地方的固话号码或手机号码接入到虚拟会议室中，然后才能开会。

每次开电话会议前，与会者可自行拨入，也可由会议发起人Web群呼。

比如，可同时拨打一个特定的电话号码4006687784，然后输入会议室号码和会议密码，即可进入虚拟会议室。会议召集者则使用另外一个密码启动会议，有权把与会者的电话调为静音等。

群呼方式相对复杂一些，会议发起人要在线输入或导入与会者的固话号码或手机，会议系统自动呼叫主持人和所有成员的电话号码，与会者接听会议系统来电就OK了。

2. 借力完成会议

拨打号码后就会进入一个虚拟的会议室，如果发现在这个虚拟的会议室中，会议召集者、员工等同时在线，意味着你成功进入会议室，你就可以"坐下来听会了"。

开会的时候，会议召集者、发言者等还要借力Netmeeting、virtual room等会议工具，通过互联网共享一些PPT，完成会议议程。

3. 确保远程与会者参与讨论

电话会有常规会与"分流电话会议"（split call）之分，"分流电话会议"即一部分人在会议室，其他人在别处参加会议。召开"分流电话会议"时，一定要设法确保远程与会者参与讨论。

4. 严守会议纪律

开电话会时，与会者要保持安静，尽量减少翻页、打字以及溜出去时关门的声音。因为电话会比传统会议更易受干扰。

小贴士

　　电话会议是虚拟一个会议室，但因方便、灵活的特性而受很多企业青睐。作为企业管理者，如果你想召集员工开电话会，一定要注意：

　　❶与会者要使用有静音功能的手机。

　　❷一个电话会，参会者最好控制在6人以下，最多不能超过10人。

　　❸电话会议中，与会者要保持安静，尽量减少翻页、打字以及溜出去时关门的声音，否则会影响其他与会者听会。

会前喝杯水，会议就结束得快

小曼是北京中关村一家IT公司的职员。公司原来的总经理超喜欢开会，而且喜欢开长会。最让小曼与同事纠结的是，他们公司的部门经理也养成了开长会的习惯。

原来的部门经理开早会，每天早晨10点开始，每次都持续45分钟左右，开完会，还没怎么做事，就到午饭时间了。虽然小曼与同事超不喜欢这样开会，却敢怒不敢言。

前不久，总经理退休了。现在的总经理据说原供职于北京一家事业单位，虽然喜欢开会，却不喜欢开长会，而且上任后第一次召集各部门经理开会，就提醒各位经理长话短说，重要的事先说。

但习惯开长会的各位经理在发言时依然慢条斯理，而且总谈与这次会议无关的事。于是，总经理第二次召集各部门经理开会，就采取了一个惊人的举措：会前，让经理们每人先喝3杯水，并且规定开会期间不许上厕所！

经理们不明就里，结果，很多经理为了能早一点儿上厕所，都期盼会议结束，总经理让他们发言时，所有人都不再提上周的工作问题，而是只谈"本周工作进度"。

会后，经理们一个个急匆匆地离开了会场，而总经理则露出满意的笑容。

很多企业在开会时都会遇到以下情况：发言者跑题，甚至离题万里，总不能围绕议题发言，犯困，无心听会。如果在你召集的会议上遇到这些不利情况，与其着急、发脾气，不如开会前让与会人员喝几杯水。当然，对付那些不好好开会的人，也可用如下小妙方：

1. 会前俯卧撑或健美操提神

如果与会人员无精打采，开会前，男士可以做10个俯卧撑，女职员可以跳健美操。

2. 用计时表限时

为严格控制开会时间，可以在会议室内放计时表，最好是用秒表计时，并做相关规定，如小组报告时间或个人发言时间不得超过2分钟。

3. 跑题者要受处罚

开会时，规定与会人员只能回答"与本会议有关"的问题，不能离题谈上周的事、发表谈话甚至问问题。否则，谁跑题，耽误大家时间，谁会后请客。

小贴士

严控会议时间，限时开会可提高会议效率。但要实现限时开会的目标，会议召集人或管理者有时要采取一些"没人性"的妙方。

❶ 在会前让那些习惯长时间发言的人喝水，不许上洗手间。

❷ 与会者爱开会走神的话，可在会前让他们做俯卧撑，女职员跳健美操。

第十八章
大型会议枯燥无聊，如此偷懒高枕无忧

相对于小型会议，大型会议则无聊得多，枯燥得多。但唯一的妙处是，在无重要内容时，可以开一下小差。

但开小差是需要技巧的，例如，想在开会时看书打发无聊，最好是带本口袋书，而且要做到一边看书，一边开会；开会玩手机，一定要调静音，而且要一边手机上网看小说，一边用笔涂涂画画，让别人以为你是在做会议记录。

最后友情提醒，开小差不是一件光明正大的事，偶尔为之也就罢了，千万不要每次开会都开小差，否则早晚出事儿。

会中看书偷闲，要善于打马虎眼

Alina（阿林娜）是北京亦庄开区一家电源公司的员工。这家公司的工薪、福利让Alina十分满意，唯一不满意的是公司经常开会，而且总是长会。

昨天开了一天的会，地点是在公司的报告厅。除了中午吃饭和休息，其他时间，Alina与同事们都坐在报告厅中，用Alina同事的话说，她们每次都要"磨一天的屁股"。

下午，Alina发现左边的一位女同事在看书，津津有味，但最让Alina拍案叫绝的是，那位同事看书一点儿也不影响开会，该鼓掌的时候就鼓掌，该发言的时候就发言，涉及工资、待遇等重要问题，一字不落地全都收进耳中。

过了几天，公司又要开一天的会，Alina也决定带本书去。可开会应该带什么书呢？Alina暂时没有好主意。她去洗手间的时候，遇到了上次那位看书的同事，就向她请教。在她的建议下，Alina带了一本林语堂的书。

开会无聊，看书可以打发时间。但带什么书去开会却是有技巧的。原则上，它们应该是便于携带和隐藏的书。

1. 不宜带大部头的书

开会带的书不能太厚，尺寸也不能太大，太厚太大既不利于携带，也不利于隐藏。所以，开会时最好是带"口袋书"。

2. 不宜带时尚杂志

时尚杂志不宜带入会场。这类书尺寸太大，封面花里胡哨的，别人一看就知道你不务正业。假如你身边的同事因为杂志封面花里胡哨而产生好奇，不断地向你这边张望，也会招来领导的猜疑："这些人在做什么？肯定不是在好好开会！"

3. 不宜带太幽默的书

按理说开会是一件很累的事，带本幽默的书可以放松一下神经，但万一笑出声来，既失仪态，也会惹火烧身。

4. 不宜带理论性太强的书

大部分会议本身就无聊，再看本理论性太强的书，一是不能解闷，二是看一会儿就烦。

5. 不宜带页码少的书

很多人开会喜欢带本很薄的书，这类书开短会可以，如果会议要开三四个小时，半个小时左右看完书，接下来的时间你就无所事事了。

6. 可以带字典之类的口袋书

字典可以揣在兜里，便于携带，还能丰富自己的词汇。注意，最好边看边记一记，特别是那些不常用的字词。如此打马虎眼，既可以多学习字词，又让领导以为你在做会议记录。

选好了书，不是说就可以高枕无忧了，开会如何看书也有一些技巧，只有掌握了这些技巧，才能不被领导发现。

1. 开会看书，要一心两用

开会看书不能太专心，要一心两用，即一边开会，一边听会。如果领导在读文件，传达上级指示，你可以不怎么听。但如果领导宣布重要内容，事关下岗、升职、调资等，你就不要看书了，竖起耳朵认真听吧，这样，你才能不错过一些重要信息。

2. 开会看书，要善于伪装

开会看书，一定要善于伪装，即使你看的书再搞笑，也不能开怀大笑，而要面不改色，或淡淡一笑，这样，领导会以为你领会了精神，而不是受了刺激。

3. 开会是否看书，要因会而宜

有些会议可以开小差，有些会议必须专心听，比如有重要领导在的会议、小型部门会议，还有就是需要发言的会议，都不要带书。

有重要领导在的会议，一旦被发现看书，就等于不给领导面子。在小型部门会议上看书，容易被领导发现，所以不看为妙。自己需上台发言的会议，还是把心思用在发言上吧，好好琢磨一下如何让自己的发言更出彩，怎样给领导留下好印象。

开会玩手机偷懒，一定要有眼力

Angelia.（安赫莉娅）的朋友都非常羡慕她。因为她的工作清闲，收入旱涝保收。可Angelia却超不喜欢现在的工作，因为她需要经常参加各种会议。

最要命的，是每次开会刚开一会儿，她就昏昏欲睡；会议一结束，出了会议室的门，她又立刻精神了。每到开会时，由于担心被领导发现，Angelia总是选择在靠后的位置坐下，用包和文件挡在脸前，睡得提心吊胆。

而她的一同事Lucye（露茜），开会时从来不打瞌睡，永远都是精神十足。但会议一结束，刚从座位上站起来，Lucye就哈欠不断，像换了个人一样。

对此，Angelia十分好奇，但每次问有什么秘诀，Lucye总是笑而不语。无奈之下，再开会时，Angelia强打精神侦察，结果，做了几次侦探后，她发现，原来开会时Angelia总是悄悄打开手机，看股票行情和冷笑话，偶尔还在网上"吐槽"一番，或将开会实况用微博转播。

Angelia决定也试试看，小试几回，竟然上了瘾，开会时再也不会昏昏欲睡了。

开会时，很多人有"会议综合征"，比如爱打瞌睡。但开会打瞌睡不是小事儿，很容易被领导发现。

那么如何偷会儿懒呢？有一个办法就是玩手机。开会时玩手机，一定要玩得有水平，变着花样玩，否则，就是玩火自焚。

1. 开会不比平时，绝对不可以明目张胆地在领导眼皮底下玩手机。要选择离领导远、不易被他们发现的位置，或者坐在后排的座位上。

Lucye每次开会总会挑最不起眼的位置坐下，然后把手机放在桌子底下玩欢乐斗地主。

2. 最好是将手机调成静音模式，用包或文件挡住前方、两侧的他人视线。

3. 不论你用手机玩什么，一是不要太沉浸其中，二是要有眼力，看到别人的视线向你投来，就不要再玩了。

4. 尽量不要玩太长时间，不要在一开始就玩，最好是后半程，或在领导讲的内容不重要的时候，玩上一会儿。

5. 要注意自己的坐姿，尽量端正，否则容易让其他人发现自己开小差。

6. 边玩手机边涂鸦。美国国务卿希拉里·克林顿就曾在开会时开小差，拿圆珠笔在自己的讲话稿上画出了几个图。一边用手机上网，一边用笔写写画画，装成做记录的样子，说不定反而给领导留下积极开会的印象。

开会时间长，这些技巧可缓解疲劳

毕业于北京某大学的连曦一直不喜欢北方，所以，她大学毕业后就去了深圳。学酒店管理的她，很快就找到了一份工作——在深圳某高级酒店从事管理。

但在这家酒店工作了一段时间，连曦还是水土不服，更让她忍无可忍的是，不论大事小事，单位都要开个会交代一下，最多的时候，连曦一天要开7次会。当然，也有一次会要开几天的情形。

每次开完这样的长会，她都腰酸背痛。天天坐办公室，本来就有各种职业病，而开长会对于亚健康的连曦来说，简直就是雪上加霜。所以，连曦一听老板说要开会，就眉头紧锁，却又无计可施。

你是否像连曦一样，被各种会议搞得疲惫不堪，甚至身体有要被拖垮的感觉？如果你是会场上的第二个连曦，下面这些偷闲的绝杀之技可以帮你缓解开会疲劳：

1. 防疲惫，要有备而来

在开会前，可带风油精、花露水等提神的东西入场。再就是开会发现自己要打瞌睡，可用力掐自己的胳膊或大腿。

2. 到会场外活动一下腿脚

如果开会时间长，感觉身体僵硬、腰酸背痛的话，可以到会场外活动一下。要注意的是，一开始起身时千万不要用力太猛，缓步离开会场，到外面后，再以正常的步速活动下筋骨。

3. 休息时进行适当的锻炼

如果你开会时间较长，晚上需要在宾馆食宿的话，饭后可在附近走走。如果宾馆有跑步机、游泳池等，你可以进行适当的锻炼，游上半个小时，在椭圆仪上走一走，用按摩仪适度按摩一下。不过，一定要注意，运动量不要太大。

4. 晚上不要宅在房间内

很多人去外地开会，晚上总不爱活动，在宾馆吃完晚饭，就宅在房间内看电视、打游戏、上网聊天，这样不利于身体健康。如果有熟人一起开会，你可以到他们的房间聊聊天，让自己紧张的心情放松下来。但要注意的是，聊天内容一定要轻松，不要聊与会议有关的或让自己心情沉重的话题。

如果你实在不想出房间，可以听听轻松的音乐，让身心放松，也利于你第二天开会集中精神。

此外，还要注意的是：每天给房间开窗通风，换换空气，这样才利于身体健康。

小贴士

　　对于经常参加一些会议或经常出差开会的白领们来说，开会是一件十分消耗精力的事情。不过，如果在开会时注意休息，或运用一些技巧，就不会再畏之如猛虎了。

　　❶感觉累的时候，可以走出会场，在会场外稍走动一下。

　　❷晚上尽量出去走走，不要在房间内宅着。如果你实在不想出房间，可以听一些轻松的音乐，让身心放松，这有利于第二天集中精神开会。

第十九章
会议发言范文精选白金版

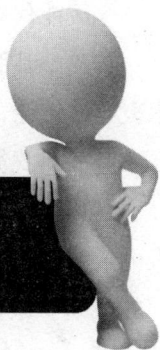

　　提起开会时发言，很多与会者既开心，又纠结。开心的是自己有在众人面前展示的机会，纠结的是，不知如何写发言稿。

　　其实，不同会议的发言侧重点不同，但又有雷同之处。无论哪一种会议的发言稿，开场都要向与会者问声"大家好"或"各位同事，各位来宾好"，结尾呢，都要说声"谢谢"。内容要简洁，条理要清晰，让与会者听明白你在讲什么，这些是基本的要求。如果你的发言稿再诙谐一些，就会更给力了。

先进员工代表发言稿

尊敬的各位领导、同事们：

大家上午好！

今天能代表先进员工发言，我感到万分荣幸。

首先请让我代表此次获得荣誉称号的所有员工，向各位领导与同事表示衷心的感谢，感谢各位领导的鼎力相助，感谢各位同事的精诚合作。

其次，我简单地介绍一下自己，我来自公司策划部，名字是张小曼。

可以毫不夸张地说，我们这些获得荣誉称号的员工，能有今天如此骄人的成绩，都是领导正确引导的结果，是同事鼎力相助的结果，所以，我们的成绩和荣誉应属于我们的领导，以及为我们公司兢兢业业工作的每一位同事。

自我2011年进入公司策划部，至今已有两年的时间了。回首这两年的工作与成长经历，我的内心十分澎湃。

记得最初进公司的时候，面对新的环境，我有些水土不服。最让我纠结的是，由于工作经验不足，我老犯小儿科的错误，写的策划案中错别字很多，第一次因此被部门主管张主任批评后，我很茫然，甚至怀疑自己的工作能力有问题，对工作失去了自信，想一走了之。

看到我情绪如此低落，张主任及时与我沟通。他告诉我，从学校步入社会，工作经验不足，犯一些错误是正常的。但要在职场中快速成长，就要设法纠正错误，不断提升自己，这样才能尽快熟悉工作，尽快融入团队，并与其他团队成员一起成长。

热情的同事王丽姐，不仅借给我一些策划类的书，还不厌其烦地帮我校对策划案中的错别字，并告诉我一定要有自信。同时，她在生活中还十分关心我，经常对家在外地的我嘘寒问暖，让我感觉到一种亲情与温暖，也激发了我努力工作的热情。

为了尽快熟悉工作，我一边耐心向老同事请教，一边勤学苦练。此外，工作上我认真负责，对于公司的策划案，我笨鸟先飞，接了案子后，总是加班加点写案子，力求每一个案子都能保质保量完成，并有所创新。

如今，我早已融入了景天这个团队，成为了景天的一员，并为自己在景天工作、在景天成长感到十分荣幸！

海因纳百川而成其浩瀚，山以其厚重而为之雄浑。我们景天公司正以山的浑厚、海的广博，用拼搏、创新的精神，在奋斗的路上一路高歌。

作为景天的一员，我们珍惜，但不会沉醉在今天的荣誉与掌声中，因为所有的成绩，都只能属于昨天。

最后，我再次代表此次获得荣誉称号的所有员工郑重承诺，我们将昨天的荣誉作为新的工作起点，在工作中不断努力学习，不断提升自己的专业素养，同时，要爱岗敬业，始终对工作保持着饱满的热情，以回报各位领导的厚爱，以及各位同事的帮助。

谢谢各位领导，各位同事！

销售动员大会发言稿

尊敬的各位领导、各位同事们：

大家早上好!

最辉煌的×××年即将成为过去，充满挑战和希望的×××年已经来临。现在，我们聚集在这里，召开×××年销售动员大会，是为不沉溺于去年的成就，是为描绘美好的将来。

×××年公司的经营方针和目标，以及各部门的具体任务已经下达，公司将不断推陈出新，走可持续发展之路。这无疑为公司发展明确了大方向，为员工提供了行动的目标。

公司领导向来重视销售工作。因为销售工作关系到公司的生存与发展，对于×××年的销售工作，各公司的销售经理已经做好了精心的部署，而销售同事们也已胸有成竹，一场销售大战又拉开了帷幕。

作为市场部经理，我现在向大家汇报一下对公司市场销售活动的宏观管理计划：

1. 加强销售活动的宏观管理工作

在销售工作、特别是营销管理工作上，我们今年的工作重点是进一步加强销售活动的宏观管理，如合同管理、价格管理、客户信用及应收货款回收管理等。

我们加强销售活动的宏观管理举措为：一是特别编制了《×××年销售人员工作手册》，只要一册在手，就可全面了解公司与销售工作有关的制度和规定；二是派送相关人员去那些有先进销售管理经验的大中型企业进行考察学习。

为推动销售队伍的建设工作，×××年我们将进行两次水平较高的集中培训和团队活动；同时我们还将根据需要组织各类业务竞赛，以此来激励各位销售人员的学习热情。

×××年我们还将进一步优化考核激励工作。为此，我们公司改变了以往在奖金上封顶的传统做法，对超过考核指标的完成情况也做出了明确的奖励规定，其中包括销售额超额奖、回款率超额奖、利润超额奖等，这些举措将销售人员的个人收入更好地与其对公司的贡献挂了钩，以便能更好地促进销售人员和公司的共同成长。

2. 加强市场推广工作

随着新产业逐步走向市场，公司的产品宣传推广工作也变得越来越重要。×××年，公司将做如下的推广活动：

我们将在×××年5月之前完成公司新的宣传光盘的制作，并发放至各分公司。同时，也力求完成公司宣传册的制作。

在宣传方面，我们除借助已签约的新旧媒体，如各专业网站、专业期刊等，还会寻找新的宣传媒介。为满足新产业项目建设和投产的需要，我们还有可能策划并组织一到两次规模较大的新产品发布会或推广会。

冬天过去了，春天还会远吗？回首过去，我们没有遗憾；展望明天，我们充满希望。尽管×××年我们工作任务艰巨，要面对巨大的挑战，但我们相信，在公司领导的战略决策指导下，在全体营销人员的共同努力下，×××年公司的销售工作一定会更上一层楼！

谢谢各位领导，谢谢各位同事！

年终总结会议主持人发言稿

各位领导，各位来宾：

大家下午好!

每一天都是崭新的一天，都充满了喜悦。

今天，我们钢铁集团的精英们在这里隆重集会，这个会议既是总结大会，又是表彰大会；既是对过去的总结，又是对未来的展望。

作为会议的主持人，我先介绍一下今天会议的主要内容：首先，由钢铁集团总裁刘总进行×××年工作总结、×××年工作安排以及对×××年金牌销售员进行表彰。

再次，我介绍一下在大会主席台上就座的各位领导：集团总裁刘××，总经理田××，销售总监张××……现在，就让我们以热烈的掌声，向集团公司的领导们表示热烈的欢迎，感谢他们在百忙之中亲临大会!

1. 大会内容第一项：请刘总进行×××年工作总结及×××年工作安排!

…………

刘总的发言十分精彩，让我们再次用掌声向刘总表示感谢!

2. 大会内容第二项：请集团刘总公布×××年金牌销售员名单，请田总经理、销售张总监为金牌销售员颁发奖杯，并请各位金牌销售员到主席台前领奖!

…………

3. 大会内容第三项：请金牌销售员赵××代表优秀销售员发言。现在我们以热烈的掌声欢迎赵××！

…………

各位，刚才赵××的发言让大家收获很多，是的，不管何人，成绩只代表过去，新的一年已经来临，希望各位在工作中再接再厉、奋勇当先，取得更骄人的业绩。

4. 大会内容第四项：
由集团销售张总监就×××年的工作计划发言！

…………

刚才张总监的发言，想必大家都听明白了吧！在新的一年，我们钢铁集团的销售工作依然是重中之重，不仅销售任务有所增加，而且也需要不断拓展市场，抢占更多的市场份额，这对各位销售人员来说，既是挑战，也是鞭策！

瑞气呈祥舒万物，同心同德开新局。我们坚信，钢铁集团在各位的齐心协力下，定会迎来更加辉煌的明天！好，会议到此结束！谢谢各位领导，各位同事！

领导开会发言稿

各分局的同志们：

大家好！

今年召开的学习十八大会议是非常重要的会议。就像刚才张局长所说的，习主席在十八大会议中的讲话，我们要好好学习，高度重视；各位分局局长也一定要及时召集相关会议，传达习主席及李总理的讲话精神，真抓实干，努力开创我市文化工作的新局面！

对我市今后的文化工作，我再提几点补充意见：

1. 认真落实十八大精神，实施精品战略

2012年，我市文化工作取得的成绩是显著的：全年创作大戏5部，相声小品等文艺作品200余个，文学作品100余篇。2013年，我市文化工作依然坚持走精品战略之路，并力求进一步扩大艺术生产成果。

2. 精心策划组织，各种重大文化活动不拘一格

文化活动是文化工作的精髓，2013年我市在不断推出一些传统文化活动的基础上（如春之声文化周、端午节诗会等活动），还将精心策划组织一些活动，如清凉广场的金秋菊展、唱响燕城等系列音乐会、诗会、展览等活动。同时，还有一些临时的文化活动，如市文化艺术界抗震救灾献爱心活动、大型文艺募捐演出节目等。

3. 将文化工作与市场有机结合

现代社会是市场社会，文化工作要走与市场有机结合的新路子。如何和市场经济有机结合起来呢？我的建议是：结合各地文化特色，打造自己的文化品牌。各区县文化局可挖掘一些当地的文化特色，对其进行策划、包装、营销，以此来吸引观众眼球。这样，既可繁荣文化，又可打造文化旅游品牌。

4. 加大文化下乡力度

2013年，我们将进一步加大文化下乡力度，特别是加大各区县、乡镇综合文化站建设项目。计划为20个乡镇文化站配备价值80万元的灯光、音响设备；先后为340个村争取500万元的文化器材配送项目；预计送20余万册图书下乡，完成15个村图书馆的建设。

5. 要将每项工作都落到实处

对于文化工作，总有人应付了事或热衷开大会，传达文件，走一下形式。要想工作有效，仅讲空话、打官腔是远远不够的，不管哪一项工作，都要真抓实干。所以，希望这次会议后，各位将2013年的工作列入议事日程，并认真部署，每一项工作都要具体到人。

同志们，2013年我们的各项工作任务是艰巨的，前途是光明的，各区各局要组织大量的人力、物力来完成2013年的工作计划。同志们，你们所做的文化工作，肩负了各级组织对你们的殷切希望，希望你们能克服困难，加大对文化工作资金与人力的投入，在各自的岗位上为文化工作添砖加瓦！

最后，让我们振奋精神，多干实事，少说空话，努力开创我市文化工作的新局面！

谢谢各位！

新主管开会演讲稿

尊敬的各位领导、同事：

大家好！

很荣幸能被提升为销售部主管。在此，我首先感谢各位领导提供这个机会，让我有了一个新的发展舞台。

从×××年我进入公司销售部，至今已有3年多的时间。经过3年的工作与学习，我对公司的销售活动有了更深的理解，也感慨万千。这几年间，领导的支持，同事的帮助，让我有了更多的机会学习并不断提升自我，直到今天，我被领导提拔为销售部主管。

作为主管，我认为我的优点是：

1. 热爱本职工作，对销售工作有极大的热情，工作踏踏实实、一丝不苟，而且不怕困难，遇到困难时总是设法解决。

2. 性格开朗，处事大方，善于组织与沟通，并有较强的学习和适应能力。

人无完人，我也有缺点，如在管理方面经验不足，所以，在今后的工作中，还要向各位同事多多学习。

另外，我认为，要胜任主管工作，还要注意以下事项：

1. 多与下属沟通

很多时候工作效率低下，或总与下属发生矛盾，多是由于沟通有问题。在今后的工作中，不论遇到大事小事，我都会及时与相关人员沟通。

同时，也要与各部门经理、员工及促销员保持经常沟通，了解自己部门或其他部门的相关信息，取他人之长，补己之短，在工作中发挥优势。

2. 要务实

在工作中，要注重细节，从小事踏踏实实做起，绝不好高骛远，这样才能养成良好的工作习惯，才能避免因粗心大意而导致工作中出现错误。

3. 加强销售人员的培训工作

销售工作既需要很多技巧，又需要一些经验。在今后的工作中，我将经常对销售人员进行培训，注重员工、销售人员的言谈举止等综合素质的培训，使之成为爱岗敬业、服务热情周到、懂业务的高素质销售人才。

4. 细化库房商品管理工作

现在公司的商品管理较粗放，很多细节不到位，从而导致商品库存周转率较低。在今后的商品管理工作中，我将加强商品进、销、存的管理，不断提高商品库存周转率，力求商品不积压、不断货，使库房商品管理变得更为科学与合理。

5. 明确销售目标

目标是行动的不竭源泉，有目标才有动力。要提高销售人员的动力，就要将销售任务细化、量化，落实到每一个销售人员身上，并及时进行监督。

以上是我担任主管后对销售工作的一些大胆设想，如有不足之处，希望各位领导批评指正。既然公司为我提供了这个舞台，我会加倍努力工作来报效公司，交上一份优秀的答卷，证明领导的选择是英明的。也希望各位领导和全体同事一如既往地支持我的工作。

众人拾柴火焰高。我相信，在各位领导的支持与各位同事的配合下，我们公司会一天更比一天好，一年更比一年强！

谢谢各位领导，各位同事！